君にさよならを言わない

我不會對你說再見

七月隆文
ななつき たかふみ

王蘊潔——譯

目錄

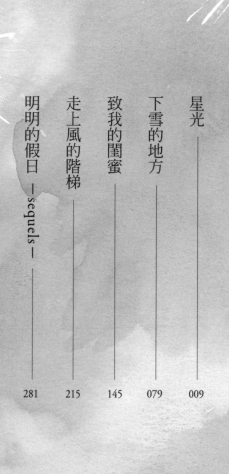

我可以看到幽魂。

一場車禍後，我在生死邊緣徘徊，當我醒來時，就變成這樣了。

之後雖然遇到過可怕的事，但也有很多好事，或者說是值得回憶的事。

比方說……

我遇到了初戀女友芹澤桃香的幽魂。

君にさよならを言わない
我不會對你說再見

星光

1

「明明，好久沒有和你聊天了，真是太高興了……」

桃香的幽魂喜極而泣地說。

她站在暮色蒼茫的住宅區街頭，金色的黃昏中，可以看到她半透明的身體。

她一身清涼的白色洋裝，頭上戴著很有夏天味道的草帽。

微長的頭髮，明亮坦誠的眼神，嘴角露出柔和的笑容。

那張臉真的是桃香。

她的確讓我有這樣的感覺。

「……」

但是，我仍然無法完全相信。

因為桃香在小學四年級的那一年夏天死了。

然而，眼前的她看起來是和我一樣的高中生。

「但是，你真的太過分了。你每次經過時，我都向你打招呼，但你從來不理我。」

桃香嘟起嘴巴。

我上週發生車禍後，開始可以看到幽魂，今天才剛出院。

然後就在這裡遇到了桃香，她對我打了聲招呼說：「你回來了」，然後就不停地對我說話。

「……妳真的是、桃香？」

我問了內心最大的疑問。

「妳為什麼變大了？」

「什麼變大了？」

她噗哧一聲笑了起來。

「我是說妳長大的意思，妳不是在小四的時候——」

「啊，我知道了！你之前不理我，現在又要用『妳是冒牌貨』這一招來攻擊我！？」

她生氣地雙手扠腰。

「欺負女生最沒品了！真是幻滅的悲哀！」

我——大吃一驚。

這正是桃香經常掛在嘴上的奇妙說法。我至今仍然搞不懂她從哪裡學到這句話。

所以我——

「幻滅的悲哀是什麼意思？」

我就像在說暗號般，說出這句以前經常對她說的話。

「就是既幻滅又悲哀！」

暗號完全正確。

——

身體深處發出了顫抖。

……原來、是真的。

「桃香。」

我用帶著猶豫的聲音叫了一聲，她不解地偏著頭，然後露出潔白的牙齒笑了起來。那是她獨特的笑容，好像散發出光芒。

「嗯？」

初戀女友的笑容和以前一模一樣。

2

「對了，明明，這個星期都沒有看到你，你去旅行了嗎？」

「啊，呃……」

我發現自己的反應很不自在。

相隔六年再度和她重逢，我現在已經是高中生了，不知道要怎麼拿捏和她之間的距離。

「是不是？是不是？」

但是，偏著頭看我臉的桃香，理所當然還是以前的桃香，讓我覺得這並不是什麼特別的事，六年的空白根本不存在。

「姊姊！」

突然傳來一個女孩的聲音。

轉頭一看，一個把頭髮綁在腦袋兩側，看起來像兩條老鼠尾巴的女孩啪答啪答跑了過來。

原來是聰美。

她是桃香的妹妹，在桃香死了之後才出生，我記得她明年就要上小學了。

聰美沒有看我一眼，就——站在桃香面前。

「我一直躲在那裡！」

聽美抬頭對著桃香說。

「對不起，因為我看到明明了，所以就……」

──咦？

我完全搞不清楚狀況。

她們竟然在聊天。

聽美可以看到桃香……嗎？

「聽美，我告訴妳，明明終於不再不理我了！」

桃香興奮地告訴聽美，聽美轉頭看著我。

「……嗨，聽美。」

聽美聽到我向她打招呼，立刻躲到桃香的身後。她向來都很怕生。

「……你為什麼不理姊姊？」

她躲在桃香身後，用責備的語氣問我。

「啊？」

「為什麼大家都不理姊姊？姊姊好可憐。」

「聽美，沒關係，沒關係了。」

「但是……」

「明明現在和我說話了，所以我超開心。」

桃香露出柔和的微笑。

聽美垂下了眼睛，似乎終於接受了。

「那我們再玩一次躲貓貓。」

「嗯，」桃香抬頭看著帶著一抹深色的向晚天空說：「時間不早了，今天就先回家？」

「我不要！」

「聽美——」

「我不要！再玩一次！」

「聽美。」

桃香蹲了下來，保持視線和聽美在相同的高度。

「我們不是約好，不能讓媽媽擔心嗎？」

聽美安靜下來，然後用力點了點頭。桃香瞇起眼睛，露出我從來沒見過的「姊姊」表情。

「那我們回家吧。」

「……唱歌，妳唱歌給我聽。」

「好，那我們一邊唱歌，一邊回家。」

我以為自己在做夢。

因為她們說話的樣子太自然，簡直就像……桃香還活著。

我清楚記得那一天的事。我和桃香約在河邊見面，媽媽開著小車趕到河邊的情景歷歷在目——

但是，是不是我誤會了什麼，所以才會以為桃香死了……我忍不住開始思考這件事。

我悄悄向桃香伸出手。

也許可以摸到她。

這樣就可以知道答案了。

我的手掌靠近桃香的肩膀。

汗水從太陽穴流了下來，我覺得有點喘不過氣。

我碰到了她的白色洋裝。

「啊！」

桃香發現後，用力跳開了。

「啊，你這個色狼！」

桃香漲紅了臉，看起來似乎很慌張。

「怎麼可以突然摸人家？色狼！真是幻滅的悲哀！」

「啊，嗯……對不起。」

「聽美，我跟妳說，哥哥是色狼。」

「色狼。」

「真是幻滅的悲哀。」

「幻滅的悲哀。」

我覺得教聽美說這句話似乎不太妥當。

「我回來了！」

正在門口澆水的阿姨聽到聽美的聲音轉過頭。

「聽美，妳回來了。」

聽美抱住了阿姨的裙子撒嬌，阿姨摸著她的頭。

「明明。」

「阿姨好。」我也點頭向阿姨打招呼。

「你今天出院嗎？」

「對。」

「媽媽、媽媽，」聽美用力拉著阿姨的裙子，「聽美今天也和姊姊一起玩。」

「姊姊……？」

阿姨皺起眉頭問，似乎可以聽到阿姨在心裡說，又來了嗎？

「妳看，姊姊就在這裡！」

聰美一臉得意的表情指著桃香所站的位置。

阿姨順著她手指的方向看去……隨即露出失望的表情。

「……沒有姊姊啊。」

阿姨的聲音聽起來很疲倦。

──。

我感到胸口隱隱作痛。

果然是這樣。

桃香果然是幽魂。

「為什麼媽媽也不理姊姊！？姊姊就在那裡──」

聰美情緒激動地說，但突然住了嘴。

「噓。」桃香把手指放在嘴唇上。

她的眼神很悲傷。

不久之前，就聽說聰美有幻想癖，說一些根本不存在的事。她因為很怕生，所以在幼稚園也一直交不到朋友，大人認為她可能因此產生了幻想。

原來真相是這樣。

「明明，你的身體已經全好了嗎？」

阿姨改變了話題。

「對啊，託阿姨的福，全都好了。」

「是嗎？那真是太好了。」

我可以感受到阿姨發自內心這麼想。

「聽說你發生車禍時，忍不住擔心，心想不要連你也……」

我說不出話。因為桃香也是因為車禍身亡。

「對不起。」

「不……」

「小柚應該在家裡等你，你趕快回家吧，拜拜。」

「好。」

阿姨帶著聰美走向家門口。

聰美走進家門前，回頭看了桃香好幾次。

門關上了。

桃香不發一語地注視著那道門。

3

我拉長的身影出現在馬路上。

走在我身旁的桃香沒有影子。

腳步聲……熊蟬從傍晚開始大叫，所以聽不到她的腳步聲。

「明明，你住院了嗎？」

桃香擔心地問。

「對，住了一陣子，但已經沒事了。」

「是嗎？太好了。」

「……桃香，」我開了口，從剛才就一直很在意一件事，「剛才聽美說，大家都不理妳——」

「聽美好像沒朋友。」她好像在打斷我說話，「雖然她對媽媽和我很親近，但她很怕生。」

「桃香——」

「她很膽小，雖然很想交朋友，但很怕萬一失敗了該怎麼辦，所以不敢靠近——」

「桃香！」

我難過地打斷了她。

蟬聲似乎快停了。

「……『大家都不理妳』是怎麼回事？」

桃香沒有回答。

我難過地注視她的側臉。

桃香為什麼在這裡——她為什麼變成幽魂，一直留在這個世界——這個問題的答案似乎很悲傷。

「……妳是怎麼向聽美自我介紹的？看聽美的態度，妳是不是沒有對她說實話？」

桃香垂下了眼睛。

這就是她的回答。

桃香——並不承認自己已經死了。

所以才會說「大家都不理我」這種話，所以她無法對妹妹說實話。因為一旦說實話，聽美就會說「我的姊姊已經死了」。

桃香試圖認為自己還活著，所以……

……所以她的外表看起來也長大了。

「這是懲罰遊戲吧？」

桃香露出無奈的笑容。

「我不是做了很壞的事嗎？所以才會有這種懲罰遊戲，大家都不理我，媽媽也不理我，也不能回家。……但是，」

她回頭看著我說：

「但你原諒了我，所以就快結束了，對嗎？」

我完全不知道自己臉上露出了怎樣的表情。

「桃香……」

「什麼？」

桃香靜靜地問，樹木的陰影落在她嚴肅的臉上，痛苦的表情似乎只要輕輕一碰就會破碎，但又似乎做好了某種心理準備。

我想說的話——停在喉嚨深處，然後沉了下去。

夏日的微風輕輕撫著我穿著短袖襯衫的手臂。

「明明，我每天都向你打招呼。」

風帶來了桃香的聲音。

「早安、路上小心、你回來了。今天有沒有遇到開心的事？明天見……每次看到你，就會走到你旁邊向你打招呼。」

她的眼神空洞，好像在回想當時的情景。

「在地區對抗賽，當你站在打擊區時，我也在觀眾席上為你聲援。你媽媽離開家裡，你看起來很難過的時候，我也坐在旁邊的鞦韆上。」

…………

我回想起過去的記憶。

在地區對抗賽中，我突然被叫去代打，緊張得差點昏過去了。

媽媽對爸爸說，她以後不會再回這個家的那天晚上，我坐在變得狹小的鞦韆上盪來盪去。

「……原來那時候妳在。」

「你看看你。」

桃香苦笑著。

我想起當時身旁那個空空的鞦韆，覺得心被揪緊，卻又有一股暖流。

「你上了中學之後，個子越長越高。上了高中之後，脖子稍微變粗了。然後今天……」

桃香轉過頭。

「你終於理我了。」

她臉上的笑容很燦爛。

這時，一股熱流震撼了我的全身。我想起一件事。

我以前喜歡桃香。

「啊，你看，公園到了。」桃香指著公園說：「就是那個鞦韆。」

「嗯。」

「我們去看看。」

我還沒有回答，桃香已經跑了過去。

「快來！快來！」

她舉起手的樣子，和我記憶中那個活潑開朗的桃香重疊在一起。

盛夏的公園內沒有人影，沉浸在西斜的夕陽和蟬聲中。

公園入口的告示牌上，貼著畫了卡通人物的煙火大會海報。

「明明，那你就盡情地盪鞦韆吧。」

桃香用開玩笑的語氣說。

「不，沒辦法。」

「為什麼？」

「不久之前，我心血來潮想盪一下鞦韆，但太小了，身體擠不進去。」

「是喔。」

桃香瞪大了眼睛，似乎完全沒有想到這個可能。

「那要不要站在上面盪呢？」

她要繼續用這種語氣說話？

「我也試過了，但個子太高的話，鞦韆太短，盪不起來。」

「是這樣嗎？」

「是啊，所以讓我意識到自己『已經不是小孩子了』，有一種像是難過的奇怪感覺。」

「是喔……」

桃香茫然地看著鞦韆的板子。

「桃香，妳坐坐看。」

「我也不再是小孩子了。」

「但妳很瘦啊。」

「那倒是。」

她一臉成熟的表情點了點頭，想要坐上鞦韆。

我立刻著急起來，她是幽魂，有辦法坐鞦韆嗎？……桃香穩穩地坐在板子上。

雖然她坐在鞦韆上，卻完全沒有重量，但也並不是懸空。看到這種奇妙的質感，我覺得自己好像在做夢。

「妳坐上去了。」

「因為我很瘦啊。」

「沒錯。」

說完，我笑了笑。

「要不要我幫妳推？」

「輕輕推就好。」

我輕輕地推。

鞦韆發出嘰嘰的聲音盪了起來。

「哇，哇，別人推鞦韆時感覺超緊張。——啊，以前好像也曾經有過這一幕，那是什麼時候？」

聽她這麼一說，我想起來了。

「小一的時候，我也幫妳推過，結果妳跌下來了。」

「沒錯沒錯，因為我嚇了一大跳，結果就在前面跌倒了，那時候還哭得很慘。」

「那一次真的很對不起。」

「沒事。啊……真懷念啊。」

桃香坐在我推動的鞦韆上，開心地盪來盪去。

她在夏日的夕陽下有點透明的身影像雪一樣美，我忍不住一直看著她。

這個瞬間，這個公園裡所有的一切都那麼美，讓我以為自己真的身處夢境之中。

當我不經意地看向公園的時鐘時，忍不住嚇了一跳。

不知不覺中，已經過了一個小時。

「哇，時間過得真快。」

桃香也說道。

六點二十分。夏季的一天雖然很長，但天色還是漸漸暗了下來。

「明明，你要趕快回家了。」

「喔，嗯，是啊。」

我發現自己說話的聲音聽起來很沉重，我不想和桃香分開。

「反正明天還可以再見面。」

桃香理所當然地說。

對喔。

「妳說得對。」

桃香興奮地站了起來。

「現在是暑假，我們可以去很多地方玩。啊，對了，我們去小學。」

「小學？」

「現在是暑假，學校裡沒有人，我們偷偷溜進去……一定很好玩。好不好？」

她偏著頭看著我。

「好啊。」

桃香聽到我這麼說，立刻露出興奮的表情說：

「那就明天見。」

她的表情和小時候我們經常約好去玩的時候一模一樣。

所以我也很自然地回到了當時的感覺回答說：

「好，那就明天見。」

4

我和桃香還沒懂事之前就是青梅竹馬。

因為媽媽帶著我們去公園玩，而且兩家住得很近，所以很自然地跟著媽媽一起去串門子。

上了小學後，彼此的個性越來越明顯。我學了很多才藝，所以變成功課好，也很會彈鋼琴的優等生，桃香則是成為同學都很喜歡的紅人。

她總是被一群女生包圍，逗得大家哈哈大笑。

我至今仍然清楚記得，只要桃香一出現，氣氛就會在瞬間變得開朗。

我們升上了二年級、三年級，然後在重新分班時，分到不同的班級。

我們的個性不同，又是一男一女，照理說在那個年紀應該會漸行漸遠，但我們並沒有變得生疏。

當時，我媽媽讓我學很多才藝，所以放學後，幾乎無法和同學一起玩。

當我補習班和鋼琴教室下課，疲憊不堪地走在回家的路上——總是會遇見桃香。

她等在我回家時會經過的商店街書店門口，一看到我，就對我露出燦爛的笑容。

然後我們去便利商店買零食一起吃，她還偷偷讓我玩媽媽禁止我玩的遊戲。我們也曾經假裝自己是大人，去了薩利亞餐廳（超緊張）。那時候，只要和她走在一起，就覺得很開心。

『明明，你真是太厲害了。』

桃香經常把這句話掛在嘴上，露出崇拜的眼神看著我。當時我還是小孩子，所以聽了就很得意。

但是，現在有了不同的想法。

受到大家歡迎，能夠改變現場氣氛的桃香更厲害，也更特別。

對我來說，和桃香在一起的時間是一天中的快樂時光。現在回想起來，也覺得和桃香在一起是「孩提時代最幸福的時期」。

但是，這段美好的時光……在小學四年級的暑假畫上了句點。

『明明，』這一天，當我們像平時一樣見面時，桃香對我說：『明天要不要去河邊？』

我幾乎沒有去過那裡，所以問她為什麼要去那裡。

『……只是想去那裡。』

桃香移開了視線，我感覺她和平時不一樣。

『我有話要告訴你。』

雖然我很好奇到底是什麼話，但即使我當時還是小孩子，也知道在那種氣氛下不可以追問。

那天回家的路上，桃香小聲嘀咕說：

『明明，我想和你在一起……如果可以一直、一直在一起，不知道該有多好……我這麼覺得。』

這是我記憶中桃香最後對我說的話——

那一天，桃香到底想要對我說什麼？

5

「哥哥，恭喜你出院了！」

一打開門，就立刻響起拉炮的聲音。

妹妹柚站在玄關，滿面笑容地看著一臉驚訝的我。

「有沒有嚇一跳？」

「……是啊。」我鬆了一口氣，「原來妳也會玩這種花樣。」

「啊……」柚好像一下子回到了原來的樣子，「……是啊，我玩得太瘋了。」

她漲紅了臉，低下頭。

柚比我小一歲，是各方面都很完美的超人。

雖然她一頭黑色短髮，戴著眼鏡，打扮很樸素，但是個引人注目的正妹。而且她很聰明，家事全都難不倒她，個性也很好。雖然我們沒有血緣關係，但她是我引以為傲的妹妹。

「我回來了。」

我說完這句話，想要撿起掉在地上的拉炮紙帶，柚慌忙走到門口說：

「我來撿，對不起。」

「沒關係，妳穿著襪子。」

柚不顧我的制止，說著「對不起」，俐落地撿了起來。我輕輕抓了抓頭。

「晚餐已經做好了，今天要慶祝你出院，所以全都是你愛吃的菜。」

「真的嗎？」

「嗯，你看，快來快來。」

餐桌上的確全都是我愛吃的菜，簡直比生日大餐更豐盛。

味道當然也很棒，我充分咀嚼著終於擺脫醫院餐食的喜悅。柚滿臉喜悅地看著我。

「真是太好了。」

柚注視著我，深有感慨地說。

「讓妳擔心了。」

聽說在發生車禍後，我整整昏迷了三天。

我清楚記得當我醒來時，柚握著我的手早就哭累了，我反而更擔心她的狀況。

「謝謝妳來醫院探視我。」

「不客氣。」

「但妳其實沒必要每天來。」

「反正我也沒其他事。」

「妳不是在準備考高中嗎？」

我忍不住吐槽她，她倒吸了一口氣，嬌羞地垂下眼睛。柚的反應很老實。

雖然我嘴上這麼說，但以柚的成績，無論考哪一所高中都綽綽有餘。

這時，我突然想到一件事。

「柚，妳有沒有去哪裡玩？」

現在是暑假，快中元節了，但我不記得柚曾經去哪裡玩。

果然不出所料，柚搖了搖頭。

問題就在這裡。柚在各方面都很完美，而且同學也常邀她出去玩，但她整天都在家裡，包括她的太老實在內，讓我這個當哥哥的忍不住為她擔心。

只是這一次不能只怪柚。

「對不起，都是我的錯。」

「沒這回事。」

柚抬起頭。

「去醫院看你很開心啊。」

「啊？」

柚立刻摀著嘴，尷尬地低下頭。

「我當然是說你醒過來之後……真的很開心啊。」

「為什麼？」

每天來醫院看我，兩個人在一起好幾個小時，到底哪裡開心？

「…………」

柚沒有回答。她的臉好像有點紅。

——原來是這麼回事。

是因為她很少有機會去醫院嗎？原來是這樣。

我覺得自己實在太機靈了。

「反正暑假還沒結束，妳可以找同學去玩啊。」

柚沒有太大的反應，停頓了一下說：

「但大家都忙著溫習功課。」

「啊……對喔。」

我在說什麼啊。中學三年級的暑假根本不是玩的時候。

我靠在椅子上嘆了一口氣。有沒有什麼方法可以讓妹妹感受一下暑假？

這時，我想起布告欄上的海報。

「後天有煙火大會。」

「好像每年都在這個時間舉行。」

柚的反應很平淡，她似乎沒什麼興趣。

「我原本想和妳一起去，但既然妳沒什麼興趣——」

「我想去。」

她興奮地說。

「喔……是嗎？那我們一起去。」

「嗯。」

柚露出開心的笑容。

原來她假裝沒有興趣，其實很想去。

這個妹妹真不坦誠。

我在自己的房間翻著相簿。

照片上是桃香小時候的樣子。

我們一起在充氣游泳池游泳。我不知道被什麼事吸引，一臉傻傻的表情，桃香看著鏡頭。

小學的入學典禮。我們兩個人一起站在校門口。我一臉嚴肅的表情，桃香露出自然的笑容。

我的大頭照。焦距沒有對準，我的下巴被切掉了。那是桃香故意鬧我時拍的照片。

「…………」

當我露出淡淡的微笑時，聽到了敲門聲。

『哥哥，洗澡水燒好了。』

「好，謝謝。」

『……你怎麼了？』

嗯？正當我感到納悶時，柚打開了門。

我闔上了相簿。

「沒怎麼樣啊。」

我隨口回答，但柚一看到我，立刻皺起了眉頭。

「你還好嗎？是不是哪裡不舒服……？」

她走到我旁邊，彎下身體。

「怎、怎麼了？」

我不知所措地微微笑著。

「我沒事啊。」

「真的嗎？」

「有哪裡不對勁嗎？」

柚目不轉睛地看著我說：

「你的表情很奇怪，我以為你哪裡覺得痛。」

「…………」

我剛才露出了那樣的表情嗎？

「沒事就好。」

柚站直了身體。

「你在醫院時，都沒辦法好好洗澡吧？你可以慢慢洗。」

說完，她轉過身。

「好。」我應了一聲，想把相簿放好。

「……柚，我問妳。」

她轉過頭。

「這只是一個比喻。」

「嗯。」

「假設初戀女友變成了幽魂。」

「啊……？」

「不是啦，是有這樣一個故事，電視上演的。」

我為什麼會問柚這個問題？雖然我也搞不懂，但當我回過神時，發現自己喋喋不休地說了起來。

「有一個男生和初戀女友的幽魂重逢，兩個人都很高興，但是——那個女生不知道自己是幽魂，她還不願承認自己死了。」

「然後呢？」

「然後……妳覺得會是怎樣的結果？」

柚抬起頭，怔怔地看著天花板上圓形的燈——

「……那個男生應該會告訴她真相吧。」

柚說道。

「告訴她『妳是幽魂』嗎？」

「嗯。」

我突然聽到自己的心跳聲。

「正因為是自己喜歡的人，所以就要讓她成佛……男生應該會這麼想吧。」

我的心跳越來越快。為什麼？我感到喘不過氣。

「哥哥？」

「……有辦法這麼豁達嗎？」

我有一種錯覺，好像自己說的話是從別的地方傳來的聲音。

「那個男生見到那個女生很高興。原本以為再也見不到了，沒想到還可以和她說話。笑著談論以前的事和至今為止的事，好像一切都是理所當然，然後還約定明天要再見面……那個男生對這一切感到非常高興。」

我停不下來。

「如果那個女生也一樣高興，男生就覺得沒必要特別說清楚。差不多就是這樣——覺得這樣應該也沒問題……」

「哥哥……？」

聽到柚的聲音，我才回過神。

「不，不是啦……電視中的男生為這些事感到煩惱。那個男生是不是很熱情？」

我總算順利圓回來了。

6

我們約在那個公園見面。
今天特別熱，天空中漂亮的積雨雲好像畫出來的。
被烈日照得一片白茫茫的公園內沒有人，盛夏的公園就像是社區內一片張著大嘴的空白，有一種不真實的感覺。
「哇！」
聽到身後的聲音，我的身體抖了一下。
回頭一看，桃香開心地笑著。
「你有沒有嚇一跳？」
「有啊。」我應了一聲，「那我們走吧。」我邁開步伐。
「你好酷喔。」
桃香像歐美人一樣聳了聳肩膀，跟在我身後。
「你有沒有等很久？」

「等了一會兒。」

「不行不行，這種時候要說『我也才剛到』。」

我只能對著故意整我的桃香苦笑，就像以前一樣。

我輕而易舉地找回了之前每次從補習班放學回家、學完才藝回家時的感覺。

「那我再問你一次。——你有沒有等很久？」

「我也才剛到。」

「很好。」

桃香笑了起來。她還是當年那個開朗的女生。

在設置了郵筒的十字路口往右轉，走進兩側都是民宅的小路。自從小學畢業之後，就沒再來過這裡。

「這條路好懷念啊。」

「是啊。」

我們走在有房子遮蔭的路上，以前常看到的房子和門牌依然如故。

走過這條小路，就是一處和緩的坡道，沿著坡道一路向下，走到盡頭，就是一片農田。

「明明，你以前常和同學在這條河漂船。」

「是啊。」

沿著田埂旁，有一條用水泥牆擋住的河流。

小學三年級時，我曾經迷上漂船遊戲。先用厚紙和膠帶做一艘小船，放在這條河上漂流，想看看「船可以漂到哪裡」，有點類似挑戰鳥人比賽。

「那時候你每天都玩。」

「因為我那時候超迷這個遊戲。」

「最後漂到哪裡？」

「漂到沒辦法再繼續漂的地方。」

「啊？什麼意思？」

「前面有一道鐵柵欄，船到那裡就停了。」

「啊呀呀。」

桃香看著河流的前方。

「有多遠？」

「嗯……差不多一公里左右。」

「漂得真遠啊。」

我也看著河流前方，心想著應該就在那一帶。我仍然記得當時的心情。

「那時候玩得超開心。」

我小聲嘀咕，桃香轉過頭，瞇起眼睛對我說：

「很有男生的感覺。」

「什麼意思？」

「你說呢？」

桃香逃去前面，然後轉過頭。

她的全身散發出光芒。

「啊，看到了。」

前方就是小學的白色校舍、操場上像小山一樣的滑梯，還有輪胎做的遊樂器材。

「還是老樣子。」

「是啊。」

我和桃香邊聊邊走。因為是暑假，我們心血來潮，來到懷念的小學。

像這樣和桃香在一起，完全沒有任何不對勁的感覺。

我覺得這樣也沒什麼不好。

「哇，桌子好小。」

桃香歡呼起來。

小學一年級教室裡的桌子的確小得驚人。

「以前竟然可以擠進去。」

我看著貼在桌子上的姓名貼紙。對了，以前我們也會在桌上貼姓名貼紙。

隔著白色窗簾照進來的陽光灑滿整間教室，瀰漫著木頭的味道。

「風琴變成了電子風琴！」

桃香興奮地跑了過去。

「真的欸。」

「這是科學的進步！」

「哪是什麼進步？」

「人類真是太厲害了。」

「是啊，很厲害很厲害。」

「幹嘛！」

桃香顯得非常不滿，隨即露出很感慨的表情。

「但是……其他都沒有變。」

「是啊。」

無論是白色窗簾，還是放清潔工具的細長形櫃子，或是營養午餐的菜單表、板擦清潔器都沒有改變。

「明明，你看。」

桃香指著黑板上寫值日生名字的地方。

「以前我們經常一起當值日生。」

「嗯。」

須玉和芹澤。因為須玉的第一個字發音「su」和芹澤的第一個字發音「se」很近，所以我們的學號經常排在一起。

「你去寫名字。」

「啊？」

「今天是我們兩個人當值日生。快啊，趕快去寫，趕快去寫。」

桃香催促著我，我很受不了地拿起粉筆，寫了我們的名字。

值日生

須玉　芹澤

看著排在一起的兩個名字，許多感慨浮上心頭。

「好，今天的值日生是須玉同學和芹澤同學。」

桃香站在風琴前，像老師一樣宣布。

「起立！行禮！」

桃香很有精神地說著，我在一旁看著她。

「趕快讓同學坐下啊。」

「坐下！」

接著，教室內一片寂靜。

「值日生的工作……擦黑板！」

「但只有兩個名字要擦。」

「還有寫日誌！」

「沒有日誌。」

桃香低頭低吟，突然放鬆了全身的力氣。

「那……我們來發呆。」

「發呆？」

「嗯，在窗邊發呆。」

她走去窗邊，隔著窗簾的縫隙向外張望，然後轉頭看著我：

「櫸樹好漂亮。」

我走到桃香身旁，拉開一扇窗戶的窗簾，聽到蟬聲和小路上的車聲。

我看著中庭。

被豔陽照得發白的中庭和在陰影中的教室形成明顯的對比。深綠色的櫸樹充滿夏天的生命力。我們看著這一切。

不知道為什麼，我突然很想哭。

「……像這樣、也很好。」

「嗯，真的很好。」

「……應該也沒問題吧。」

桃香露出充滿疑問的表情回頭看著我。

「沒事。」

這樣應該也沒問題吧——

「對了，明明，你來彈風琴。」

桃香說。

「以前你經常在下課時彈那個風琴，大家也都說你好厲害。」

我的心漸漸蒙上了陰影。

「……有嗎？」

「有啊。我很喜歡，而且你不是還說『我以後要當鋼琴家』嗎？」

那並不是基於自己的想法說的話。

只是說出那個女人的期望而已。

「你怎麼了？」

「沒事。」

「你彈一下嘛，好久沒聽你彈了。」

桃香催促我。

「……好。」

「太好了。」

我坐在風琴前的椅子上，打開了電源。

大拇指、食指和中指按下琴鍵，確認音質。電子風琴發出的聲音和傳統風琴那種蓬鬆的聲音不太一樣，有點像光滑的塑膠。

——我恐怕只能彈簡單的樂曲。

於是，我彈了一首初級的樂曲。〈洋娃娃之夢〉的第二樂章。

剛開始彈，就感到很痛苦。

太難聽了。

即使撇開四年的空白不談，逐漸培養起來的鑑賞力無法原諒自己彈出的聲音。完全無法感受到任何魅力。太蹩腳了。我感受著強烈的自我厭惡和煩躁，回想起那個女人的冷言冷語和冷漠的眼神……總算彈完了。

「好厲害！太厲害了！」

桃香雙眼發亮地對我說。

她天真無邪的讚賞刺痛我的心。

那是自己明知道彈得很糟，卻受到稱讚的可悲。

「太可惜了，你六年級之後就沒彈了吧？如果你繼續彈下去，搞不好可以成為鋼琴家！」

我感到心浮氣躁。

「……不可能。有人說我沒有才華。」

「沒這回事，你很厲害。」

她露出和以前相同的眼神，說著和以前相同的話。

「你這麼聰明，而且又學了很多才藝，什麼都會——」

「才不是這樣！」

我大聲打斷了她。

「並不是這樣，我並沒有什麼都會，雖然以前學了很多，但什麼都學不好。」

桃香一臉錯愕地聽我說話。

「這也是理所當然的事，因為都不是我自己想學才學的。都是那個女人——我媽硬逼我學的。」

那個女人的身影浮現在眼前。她的臉有點模糊，看不清楚。

「她看我什麼都學不好，所以心灰意冷地離家出走了，我猜想應該是她無法忍受我不能成為她理想中的兒子。」

我露出淡淡的笑容看著桃香。

「……我一點都不厲害，沒有任何優點，也沒有任何想做的事，只是一個平凡人。不，搞不好比平凡人更差。」

我突然感到周圍很空曠。

沉重的陰鬱不知不覺籠罩了教室，桃香一動也不動地低著頭。

「……不是這樣。」

她的聲音好像快哭出來了。

我猛然恢復了冷靜。

「啊，不，平凡也沒關係。我並沒有——」

「才不是這樣！」

她直視我的雙眼噙著的淚水顫動著。

「你很厲害！不管你媽媽怎麼想都無所謂！你媽媽是笨蛋！因為——因為你會越來越厲害啊！還有未來啊！你會慢慢變成大人！！你和我不一樣，你有未來——」

桃香整個人僵在那裡。

隔了片刻，我才終於理解桃香在說什麼。

遠處傳來雷聲。

抬頭一看，天空被烏雲籠罩。

快下雷雨了。

「……到底在說什麼啊。……不是，不是啊？」

桃香臉上的笑容抽搐著，正想要繼續說下去時——小路上傳來長長的喇叭聲。

桃香立刻好像被壓扁似地縮起了身體。

她抱著頭，渾身顫抖。

「……不……要……我……會被……撞……」

「桃香，妳別緊張！」

「我不要！」

當我走過去時，她一把推開了我。

她的手臂——穿過我的身體。

接著，桃香臉上表情的變化深深烙在我的心上。

那是破碎的表情。就好像不小心摔破重要的玻璃藝品般的表情。——絕望。她想要露出笑容——卻笑不出來，整張臉破碎了。

絕望。

然後。

桃香消失了，好像一開始就不曾存在過。

像濁流般的雨聲好像雜音般打在我麻木的心上。

「哥哥，你回來了——」

柚從客廳走出來，一看到我，立刻住了嘴。

「等、等一下！我去拿毛巾！」

她慌忙跑回去，拿了浴巾後衝回玄關。

她用浴巾蓋住了我的臉。

「你沒事吧？突然下起了大雨。」

柚俐落地為我擦拭的感覺和她說話的聲音好像隔了一層膜般模糊不清。

「…………那個女生，」

柚聽到我的嘀咕，「啊？」了一聲反問我。

「她發現……自己是幽魂。」

柚不知所措地停下手，隔了一會兒問：

「……昨天說的那件事？」

「……對。」

我身上滴下的水滴在腳下的水泥地上暈綻出黑色的圖案，好像滴水穿石的痕跡。

「那個男生……很後悔。」

黑色的圖案無聲地擴大。

「那個女生發現這件事時的表情太悲傷，心好像被撕裂一樣……所以那個男生想，如果自己早一點說清楚，那個女生也許就不會露出那樣的表情……他很後悔。」

嗚咽湧到喉嚨口，我在喉嚨把嗚咽擠碎。

但是，無法擠碎的碎片掉了出來。

柚撫摸著我的後背。

「……發生什麼事了？」

「電視……是電視、的事……」

柚停頓了一下說：

「是喔。」

她沒有再問什麼，默默為我擦拭身體。

此刻的我，只能盡最大的努力不讓自己因為後悔和悲傷放聲大哭。

7

樓下傳來玄關的門關上的聲音。

柚受同學的邀約，一起去看煙火大會。

我躺在床上，怔怔地仰望著天花板。

那一天，和桃香一起去小學時，除了懷念，更強烈地感受到一件事。

那就是覺得小學已經是不屬於我的地方。

以前讀書時，很自然地適應了那裡的環境，在畢業後重回學校，雖然一切都沒有改變，卻總覺得心神不寧。

好像整個空間都在告訴你，「這裡已經不是屬於你的地方」。

桃香是不是一直有這種感覺？

成為一個幽魂停留在這個世界，是不是意味著無論在這個世界的任何地方，都會有那樣的感覺？

如果是這樣，我那種「像這樣也很好」的想法就太天真了。

「…………」

躺在床上反而覺得很累，所以我乾脆下了床。

走出房間，來到一樓。

蒼茫暮色漸漸在客廳堆積。

早就已經不再使用的直立式鋼琴沉重地佔據了靠牆的空間。因為怕麻煩而沒有丟棄的鋼琴，如今幾乎變成了置物架。

我不由自主地走向鋼琴，打開了木蓋。

拿開覆蓋琴鍵的天鵝絨布，把手指放在「do」的琴鍵上。指尖隱約感受到音槌敲打的感覺，然後琴聲響起。

因為一直沒有調音，所以音準已經完全不準。彈了之後發現實在太不準，我忍不住露出苦笑。

我用右手輕輕彈了和前天相同的曲子。

殘音嗡嗡作響，慢慢滲入傍晚的客廳。

「啪啪啪啪。」

身邊傳來從嘴裡說出來的鼓掌聲。

回頭一看——一個身穿白色洋裝、戴著草帽的女孩站在那裡。

桃香的眼神就像清晨的湖水，有一種穿越夜晚後的寧靜和平靜。

我發現桃香自己解決了一切。

「……桃香。」

「嗯。」

「對不起。」

桃香的臉上露出迷濛的笑容。

「是我沒有正視現實。」

房間內的灰塵浮在照進屋內的夕陽光線中。

「隔了這麼多年又見到妳……真的超開心。」

我在說話時，突然很想哭。

「我之前還覺得，像這樣也很好。」

因為我從眼前的氣氛中感受到的……是離別的感覺。

因為這已經無法改變、已經決定的事。

「我也一樣。」

桃香說。

「其實我之前就知道了，但你看到了我，我們又能像以前一樣說話，就忍不住覺得——『也許我還活著！』想要抓住這種想法不放……但是，」

她的聲音很清澈，就像是包容一切的水和空氣一樣。

「隔了這麼多年，我終於去了自己的房間。……房間整理得很乾淨。」

我不知道該露出怎樣的表情。

「桌上放著照片，你還記得嗎？就是我爸爸帶我們去釣魚時的照片。」

「記得，妳爸爸曾經帶我們去釣魚，碧藍色的泉水美得令人驚豔。」

「烤魚超好吃。」

「真的很好吃。」

碧藍色的泉水清楚地留在我的記憶中。

「我房間裡放著那時候的照片，還有入學典禮、生日會和去海邊的照片，也有和你的合影。」

……但是。

「即使繼續留在這裡，也無法拍新的照片了。……沒辦法再和你合影了……」

桃香的身影漸漸模糊，我幾乎看不到了。

眼淚不斷從我的眼中湧現，簡直以為自己掉進水裡了。

我無法呼吸，真的好像溺水了。

「明明，」桃香的聲音溫柔得令人悲傷，「我想起來了，我想起為什麼會留在這裡，想起我想要做什麼。」

「……妳想做什麼？」

我問她。

「告訴我，如果有我力所能及的事，我可以為妳做任何事……」

「嗯，」桃香輕聲應道，「今天有煙火大會吧？」

她看著窗外的暮色，好像在轉移話題。

「好久沒去看煙火了，去看看吧。最後要在這種熱鬧的地方燦爛地——」

放聲大笑。

8

河邊擠滿了人，好不熱鬧。

綠色斜坡上鋪了塑膠布，很多人坐在上面，河岸上有一整排五彩繽紛的路邊攤，攤位前萬頭攢動。

我們在稍遠的地方看著這一切。

周圍沒有人，只能隱約聽到會場播放的背景音樂。

「在這裡沒問題嗎？」

桃香問。

「對。」

人多的地方，別人會撞到桃香，而且我也無法和她說話。

「明明，你真貼心。」

桃香小聲說道，似乎察覺了我的用意。

我感到很害羞，假裝什麼都沒聽到。

天色漸漸變成深藍色，路邊攤的燈光增添了情調。

人們歡快的嘈雜聲隨著夜晚的空氣飄了過來。

夏日的夜晚。節慶的夜晚——

肌膚可以感受到興奮雀躍的氣氛。

第一支煙火打上天空。

在天空中綻放。

震撼夜空的爆炸聲，和人們發出的歡呼聲靜靜地傳到我們這裡。

接著，各種不同的煙火接連綻放。

「桃香，是不是很美？」

「嗯。」

橘色、綠色、鮮紅、藍色。圓形漸漸擴散，像樹枝般垂落，在天空閃爍。

……明明。

桃香用溫暖的聲音輕聲細語。

這個世界真美。

只要活在這個世界，就是一件美好的事。

像是在抬頭看煙火時隱約感覺到和周圍合為一體的感覺。

像是中元節時，感受到暑假即將結束的焦急，和對學校的懷念交錯在一起的感覺。

開了冷氣的房間很舒服。

一百圓的冰淇淋很好吃。

看著像電影中出現般的積雨雲，就會覺得自己賺到了。

微不足道的事就可以讓每天的生活閃閃發亮。

因為我失去了這一切，所以充分瞭解這些東西有多麼閃亮，多麼重要……

最後的煙火耀眼地綻滿了整個夜空。

『第十五屆上枝煙花大會到此結束。』

當廣播中傳來這個聲音，所有人都吵吵嚷嚷地開始準備回家。站在堤防上看煙火的人在警衛的引導下，慢慢離開現場。

「……結束了。」

「……對啊。」

我感到胸口發悶。

觀眾陸續離開，人群迅速散開，人影越來越少，煙火大會走向結束。

簡直就是我內心風景的寫照。

「明明。」

桃香的聲音讓我不由得緊張起來。

「你剛才說，你可以為我做任何事。……那可以為我做一件事嗎？」

「……什麼事？」

我問道。桃香輕輕指著堤防下方。

在棒球場後方平坦的岸邊。

那裡——是那一天，我和桃香約定見面的地方。

「那天的約定。」

桃香說。

「那天，其實我有話要對你說。」

在她說完這句話後，產生了淡淡的餘韻，我們相互凝視。

在用話語表達之前，在用話語表達之前的之前，我們的意識就已經連結在一起。

「姊姊！」

突然響起叫聲，回頭一看，身穿浴衣的聰美跑了過來。

「姊姊，妳也來了。」

「嗯。」

桃香還無法擺脫前一刻的情緒，但立刻變成了「桃香姊姊」的表情。

「妳的浴衣真漂亮。」

聰美靦腆地嘿嘿笑著。

「聰美。」

阿姨快步追了過來。她似乎在找聰美。

「啊，明明，你好。」

「阿姨好。」

這時，阿姨的視線移向我身旁，露出訝異的表情。

「妳好。」

阿姨又說了一次，但她的眼睛不是看著我，也不是看聰美。

桃香。

桃香整個人都繃緊。

我也無法應付眼前發生的事。

阿姨轉頭看著我。

如果用語言表達阿姨此刻的表情，那就是「喔，原來你交了女朋友」這種鄰居阿姨沉浸在歲月感慨的好奇關心。

該不會——？

「媽媽，妳終於不再不理姊姊了！」

聽美高興地說。

「不理？」

這時，阿姨「啊！」了一聲，突然大聲問：「原來妳就是聽美常說的那個姊姊嗎！？啊——真對不起……」

阿姨恍然大悟地掩著嘴。

她看著桃香的眼神既像是找到了救贖，又像是鬆了一口氣。原來女兒說交到朋友這件事並不是幻想。

「謝謝妳一直照顧我女兒。」

阿姨親切地向桃香鞠躬道謝。

桃香站在那裡……緊閉著雙唇。

好像只要稍不留神，就會有千言萬語吐出來，但她拚命忍著。

我終於忍不住說：

「……呃、那個，阿姨！其實……」

「對，很高興認識妳。」桃香笑著說。「我才應該道謝，每次和聰美在一起都很開心……」

桃香說到這裡哽咽了，只好更用力笑著掩飾。

「以後也請妳多照顧聰美。」

阿姨和聰美都露出毫不懷疑的笑容，桃香靜靜地低下了頭。

「……其實，我要搬去很遠的地方，所以要離開這裡了。」

聰美瞪大了眼睛。

「我不要——我不要！」

「對不起，姊姊必須去那裡。」

聰美跑了過來。

「姊姊，妳不在的話，我就沒有朋友了！」

淚水從聰美的大眼睛中滑落，她的臉皺成一團。

桃香蹲下來，看著聰美的眼睛。

「聰美，」她溫柔地對沒有朋友的妹妹說：「姊姊教妳一句有魔法的話。」

「……有魔法的話？」

「對，有了這句魔法的話，妳就不會害怕朋友了，即使失敗了也不用擔心。這句話就是……」

聰美一臉認真地聽著。

「就是『對不起』。」

「……對不起？」

「嗯，要好好說出來，如果可以做到，妳的朋友就會繼續和妳當朋友。即使吵架了，也不會就不理妳了。所以，」

桃香想要摸妹妹的頭……但停下了手。她似乎一下子忘記自己無法碰觸到他人。

「……妳不必感到害怕。只要主動邀對方，『我們一起玩』就沒問題了。」

我突然感到一陣鼻酸。

「聽美，妳會說『對不起』，對嗎？姊姊曾經聽妳說過好幾次。」

「……我會說。」

「那就沒問題了。」

桃香露出了笑容，好像在為聽美帶來勇氣，又好像太陽一樣。

「等新學期開學之後，妳就去交朋友。要不要和姊姊約定？」

桃香真誠的體貼打動了聽美幼小的心靈。

聽美慢慢地……點了點頭。

「太好了。」

桃香露出潔白的牙齒笑了起來。

阿姨露出感動不已的表情，再度深深鞠了一躬。

「真的太感謝了。」

「不，媽媽，請妳以後也要好好疼愛聽美。」

她們面帶微笑地說著話。

阿姨並沒有察覺桃香在說「媽媽」這兩個字時的聲音在顫抖。

「快跟姊姊說拜拜。」

阿姨把手放在聽美的肩上。

聽美目不轉睛地抬頭盯著桃香問：

「……姊姊，我們還會見面嗎？」

桃香只是露出親切的笑容。

「聽美，拜拜。」

「……拜拜。」

聽美又快要哭了，阿姨輕輕牽起她的手。

「請妳們路上小心。」

「好。」

這是她們母女最後的對話。

聽美和阿姨的背影漸漸遠去。

慶典結束了。轉眼之間，河岸旁的人都走光了，路邊攤位也都在收拾。

寂靜中，聽到桃香的輕聲嗚咽。

「嗚嗚，不是啦。」

她濕潤的雙眼看著我。

「我很高興啊，因為最後終於和媽媽說到話了。」

她的哭中帶著笑，好像輕輕一碰就會破碎。

「我是全天下最幸運的幽魂……」

我還是輕輕觸碰。因為這個世界上，只有我能夠觸碰到桃香的勇敢。

「……桃香，我知道妳很努力。」

桃香聽了，立刻皺起了臉。

她雙手捂著臉，發出悲傷的聲音，就像水從岩石縫隙流出來。

「走吧。」

我能為她做的，只剩下一件事。

「不是要完成那一天的延續嗎？」

雖然很難過，但我也必須努力。

9

美麗的星星在眨眼。

「明明，那天你就站在那裡嗎？」

「對啊，就傻傻地站在那裡，想著『她到底要跟我說什麼？』」

「你真遲鈍。」

「我怎麼可能會知道嘛！」

我袒護著當時還是小學生的自己。

桃香雙手在腰的後方交握，仰望著夜空。她仰望天空的動作刺痛了我的心。

「那時候我聽說爸爸要調職，我們要搬家。」

我第一次聽說這件事。

「那時候只說是有可能，但最後好像並沒有調職。……反正我當時聽了很著急。」

星光好像慢慢在她反射了夜空的眼眸中聚集。

雖然桃香沒有繼續說下去，但這樣就足夠了。現在的我已經不是小學生了。

「……所以，現在就是那一天的延續。」

「好。」

「現在開始是六年前的那個時候。」

「啊？」

「好，那就開始了。」

桃香說完後，立刻改變了臉上的表情。

「明明，對不起——讓你久等了。」

她好像剛剛才趕到……的樣子。

喔——原來是這樣。

既然這樣，我也要回到當時的自己。

「……妳要跟我說什麼？」

「嗯。」

桃香不置可否地垂下雙眼。我看到了十歲時的桃香。

「…………我跟你說。」

夜晚的河流在流動。緩慢持續的聲音，聽起來好像風聲。

「我從很久以前，就對你……」

我屏住呼吸，連眼睛也不眨地看著桃香的臉，捕捉她漸漸走向結束的聲音。

「……就一直喜歡你。」

我把她的話淡淡烙在心上。

好了，輪到我了。

「……我也是。」

桃香注視著我。我剛才應該露出了同樣的眼神。

「桃香……我也喜歡妳。」

結束了。

那個剎那在轉眼之間就過去了，帶著過去的色彩。

「……啊哈哈。」

桃香害羞地苦笑著。

「沒想到比想像中簡單多了，我原本還以為會有怦然心動的感覺。」

「因為——已經知道的關係。」

「啊？」

「我們已經知道彼此的心意。」

桃香變得很安靜，好像憋著氣。她的眼神變得很深邃。

「……這句話、讓我怦然心動了。」

桃香的身體發出淡淡的光芒，好像慢慢洩出剛才聚集的星光。

「謝謝你。」

她一臉心滿意足的表情說道。

「因為你看到了我，可以和你說話，我……」

她挺起胸膛，似乎在尋找表達的話語。

「你拯救了我。」

「是喔……」

我的聲音在顫抖，有氣無力。

「嗯。」

桃香的聲音聽起來很痛苦，好像在壓抑什麼。

光芒從她身上溢了出來。她的身影越來越白，漸漸朦朧。

「明明，」

「嗯？」

「手……牽我的手。」

我伸出手，桃香伸過來的透明手綻放著光芒，簡直就像是天使。

我們的手掌相握。

雖然無法實際碰到，但握在一起的皮膚似乎可以感受到光芒的溫度。

「明明，你的手很大。該怎麼說……超有握手的感覺。」

「我也一樣。我們的手……握在一起。」

「嗯。」

她開心地微笑著。

「我們一直握到最後。」

「好。」

桃香的輪廓融化在光芒中。

「明明，」

「嗯？」

「記得我曾經在這裡。」

「喔。」

繼續融化。

「明明，」

「……怎麼了？」

「你的人生還很長。」

像螢火蟲般的亮光。

「好好活下去，連同我的份努力活著，然後……一定要幸福。」

「喔喔……喔喔，桃香。」

「……嗯。」

明明，加油。

她的臉上露出了燦爛的微笑。

然後無聲無息地消失在天空。

河水在流動。

夜光浮現在水面，好像在靜靜地送行。

我仰望著夜空。

淚珠讓星星看起來更加閃亮。

所以，我不需要費太大的力氣，就能夠笑著為她送行。

「………桃香，謝謝妳。」

這麼美。這麼美的星星。

下雪的地方

1

「……好了，完成了。」

我小聲嘀咕著，把畫筆放進筆洗內。

攪動水的聲音響徹放學後的美術室內。

我完成了選修課的作業，把半乾的畫板拿去後方隔牆隔開的空間。

呼嘯的風聲好像在吹笛子，窗戶嘎答嘎答地搖晃。抬頭看向窗外，天空好像凍結似地一片淡灰色，所有的景色都暗了下來，陷入了沉默。

雖然好像隨時快下雪了，但這一帶每年只會下一兩場雪。聖誕節快到了，到處都是熱鬧的氣氛，但我至今為止，從來沒有經歷過所謂的白色聖誕節，我猜想今年應該也一樣。

走進裡面，看到一塊畫布。

這是目前全校無人不知的——「未完成的作品」。

那是一幅寬度足足有兩公尺的壓克力畫，雖然以聖誕節為主題，但並沒有聖誕節或是聖誕老人這種明顯的聖誕節象徵，畫面上畫了一些奇妙的動物、植物和一些分不清是什麼的東西，但從以紅色和綠色為基調的配色，就可以感受到聖誕節。

雖然不簡單，但很容易懂。我認為是一幅了不起的作品。

「…………」

我拿著畫板，停下了腳步。

一個女生站在那幅畫前。

這幅作品的最大特徵，就是還同時有另一個人的筆觸，兩個人的畫混合在一起，又充滿了協調。

也就是說，這是一幅合作的作品。

那是美術社的一男一女兩個同學合作的系列作品。

他們之前合作的作品曾經獲得各項大獎，好幾次在朝會上看到校長頒發獎狀給他們。他們在繪畫方面的能力逐漸受到矚目。

但是，不久之前——那對搭檔中的女生發生車禍身亡。

所以，這幅最新作品在還沒有完成的狀態下放在這裡……

那個車禍身亡的女生的幽魂此刻正盯著那幅畫。

我可以看到幽魂。

這時，她——妙名發現了我，轉過頭。

她用緞帶綁起的左右兩側頭髮隨著轉頭的動作搖晃著，雖然不知道這是她生前的記憶，還是屬於她靈體的性質，總之，這些動作和她生前一樣。

眼尾微微上揚的大眼睛，小巧的鼻子和嘴唇。整體有一種『小貓』的印象。

「啊，是須玉。」

妙名可能沒想到我能夠看到她，所以自言自語地說。

我認識她。我們在中學三年級時同班，她也曾經坐在我旁邊，只是我們幾乎沒什麼聊過。

「嗯，我看看……」

妙名看著我手上的畫板。

「…………」

我假裝不知道，把畫板架在牆邊。因為我不希望她知道我可以看到她，然後糾纏我。

前不久還活著的熟人變成的幽魂似乎很可怕，但好像又不至於太可怕，反正就是很複雜的對象。

「不行。」

妙名嘆著氣評論。

「完全沒有靈魂。」

幽魂說這種話也太奇怪了吧。

我忍不住笑了出來。

「須玉聽得到我說話嗎？……咦？」

妙名突然注視著我的表情。

「……你該不會聽得到？」

慘了。我暗自想道。妙名走到我旁邊。

「喂，喂。」

她繞到我面前向我揮手，把臉湊到我面前。

「須～玉。」

她用很性感的聲音叫我。

我拚命克制自己，無視她的存在，轉身想要離開。

「嗯～～～」

妙名突然湊過來想要親我——

「嗚哇！？」

我的身體忍不住向後仰。

「你果然可以看到我！」

妙名一臉喜色地確認，我只好放棄抵抗。

「……是啊。」

「太厲害了！原來你有通靈的能力！！」

「不，不是這樣，只是可以看到——」

「那你讓我活過來！」

關我什麼事。

「拜託你～啦。」

她嗲聲嗲氣地靠過來。

「……我沒辦法。」

「哼，小氣鬼！」

「不，不是小不小氣的問題，而是我沒那個能力。」

「搞什麼嘛……」

妙名毫不掩飾她的失望。

然後，她走回椅子那裡，我聽到她小聲地說：「呿，派不上用場。」

她無聲無息地坐在椅子上，再度看著那幅畫。

我可以就這樣走開，但還是稍微管了一下閒事。

「……妳想完成這幅畫，所以才留在這裡嗎？」

「嗯，你知道？」

「……稍微知道一點。」

我想起夏天發生的事。我送走了青梅竹馬的幽魂。她為了內心還未完成的遺憾，一直留在這個世界。

「照這樣下去，我可能會變成怨魂。」

雖然她說話的語氣很輕鬆，但雙眼緊盯著畫布。

「有點像新的校園七大靈異事件的『美術室出現美少女的幽魂！』」

她小巧的手伸向桌子，那裡放著筆。妙名不加思索地想要拿起畫筆。

她自己也察覺了，哈哈哈地苦笑起來。

「……我很希望能夠幫妳。」

妙名一臉驚訝地轉頭看著我。

「有我能夠做到的事嗎？可以代替妳做的事……比方說，妳想要收拾的東西。」

「須玉，沒想到……」

「嗯？」

「你是個好人。」

「什麼意思？」

「因為雖然不能說你是怪胎，但你以前向來不會主動表達意見，別人根本不知道你在想什麼。」

原來我在她眼中是這樣的人。

「是這樣嗎？」

「嗯。」

我有點受到打擊。

「……有嗎？有什麼希望我代替妳做的事嗎？」

「我想想。」

妙名把食指放在嘴唇上想了一下說：

「沒有。」

然後又說：

「除了希望厚士完成這幅畫以外。」

她再度注視著那幅未完成的畫。

我也看著那幅畫。

這件事我幫不上忙。

「我不可能代替妳作畫……」

正當我這麼嘀咕時——

「好主意！」

妙名用手指指著我。

「我可以附身在你身上，操控你的身體！」

「啊？」

「我大致瞭解方法，所以沒問題！」

「真的假的！？」

「那心動不如馬上行動！」

「等、等一下！」

我倒退著。

「怎麼了？」

「什麼怎麼了？通常不是會感到害怕嗎？」

附身，讓別人的靈魂進入自己的身體。我本能地對這件事感到害怕。

「別擔心，如果這是你的初體驗，我會溫柔一點。」

「妳在說什麼啊？」

「只進去一點點——」

「不要說黃色笑話！！」

就在這時——聽到拉門打開的聲音。

有人直直向這裡走來。

一個男生經過隔牆，走了進來。斯文中帶著細膩和固執，典型的藝術家氣質。

「厚士……」

妙名看著他輕聲嘀咕。

他就是和妙名一起作畫的搭檔。

他看到我在那裡愣了一下，但隨即大刺刺地走了進來，站在那幅畫的面前。

他面無表情地看著那幅畫，妙名一臉痛苦地注視著他。

他突然咬著嘴唇。

他巡視周圍，然後拿起剛好看到的一把調色刀。

「厚士？」

他當然不可能聽到妙名的聲音，緊緊握著調色刀，對著畫布慢慢舉了起來。

「厚士，你想幹嘛……？」

妙名有點緊張地問。他臉上的表情充滿殺氣。

——他該不會？

正當我這麼想的時候，他把調色刀朝向畫布揮了下去——

「大森！」

一個女生的聲音大叫，他愣在那裡。

一個女生站在隔牆的入口。

「長野學姊……」

他和妙名異口同聲地叫著。

那個女生應該是美術社的學姊。

「大森，」長野學姊一臉嚴肅的表情走了過來，他不敢正視學姊，不發一語。

「你為什麼要這麼做？」

她在問話的同時，想要從厚士手上搶過調色刀。

但是，在她碰到調色刀之前，厚士把手一縮。

「……為什麼？」

她又問了一次。

「……因為看到這個，會讓我很痛苦。」

他終於回答了問題，學姊聽了，忍不住懊惱地嘆了一口氣。

「我看你來這裡，還以為你想繼續畫……」

「妙名不在……我畫不出來。」

他無力地回答。

妙名露出悲傷的眼神聽著他們談話，她無法表達自己的想法，焦急地緊閉嘴唇。

「大森，」長野學姊的語氣漸漸從原本的指責變成了安慰，「我知道妙名去世你很難過——」

「……妳根本不瞭解。」

他用低沉的聲音打斷了學姊。他全身繃緊，用力瞪著地面。

「學姊……妳根本不瞭解我和妙名。……我覺得、自己好像失去了一半，這就是我的感覺……」

「……厚士……」

妙名用顫抖的聲音低聲呼喚，但只有我能夠聽到，其他人應該覺得此刻陷入了凝重的沉默。

「……既然這樣，」隔了一會兒，長野學姊開了口，「既然這樣，不是更應該好好珍惜這幅畫嗎？因為這幅畫並不屬於你一個人，也是妙名最後的……遺物。」

「…………」

他用好像生鏽的人偶般的動作，再度面對畫布。

「妙名，為什麼……？」

他低聲嘟噥。

「妳做事向來有始有終，絕對會堅持到最後。當初是妳提出來，妳那麼想要畫我們的……聖誕節……」

他對著那幅畫說道，好像覺得妙名就在那幅畫中。

但是，妙名並不是在畫中，而是變成幽魂，站在他身旁——

「厚士，對不起……」

她露出快哭出來的眼神，一直重複這句話。

「妳就這樣突然消失，叫我該怎麼辦？妙名……」

厚士閉著嘴，注視著那幅畫。

下一刹那，他的臉扭曲著，高高舉起了調色刀。

「我要忘記妳！！」

他大叫著，用力揮下手臂。

「大森！！」

在長野學姊大叫一聲的餘韻中，調色刀停在幾乎快碰到畫布的位置。

「……可惡……」

他緩緩垂下手臂，身體用力前傾。

長野學姊一臉無奈的表情走向他，揮手準備甩他巴掌。

……但是，最後並沒有打他，而是輕輕拿走了他手上的調色刀。

「厚士……」

妙名依偎在厚士身上，想要抱住他彎下的背——但是，她的雙臂穿越了他的後背。

妙名看著自己的手臂，然後很不甘心地咬緊牙齒。

「笨蛋！」

咻嚕。

她的拳頭穿過他的身體。

妙名像個任性的孩子，更加用力地揮著拳頭。

「笨蛋！！笨蛋！！」

咻嚕、咻嚕……

「我和厚士很小就認識了。」

妙名突然開了口。

美術室內只剩下我和她兩個人。

傍晚五點。窗外的天色昏暗。

「以前，我們住在同一棟大廈公寓。聽媽媽說，她帶我去公園玩的時候，我們就認識了。」

我問她：

「所以你們是青梅竹馬？」

「這麼說很害羞，小學的時候，我們家搬到獨棟的房子，但並沒有轉學……」

妙名在說話的同時走向後方。

「他從小就有旺盛的好奇心，只要是在意的事，就非試一下不可。比方說，學校的火災警報器的塑膠蓋子上，不是都會寫一個『按』字嗎？他很想知道按了以後會怎麼樣，結果就真的按下去了，整個學校的警鈴全都響了，搞得天下大亂，校長也很生氣。他每次闖禍，我都拚命為他掩飾。」

從剛才開始，妙名在說話時，手一直重複相同的動作。

「因為他是那種個性，所以我和他在一起時，必須扮演姊姊的角色。」

「…………」

我目不轉睛地看著妙名的指尖。

她的大拇指、食指和中指一直想要拿起桌上的畫筆。

一次又一次。妙名不知道什麼時候住了嘴，一雙大眼睛漸漸露出浮躁，拚命試著想把畫筆拿起來。

「……妙名？」

我叫著她的名字。

「妳聽我說……」

在停頓的期間，我擺脫了最後的猶豫。

「妳可以附身在我身上。」

妙名立刻抬起頭。

「真的！？」

「對。」

「耶斯！！」

她豎起大拇指，一臉開朗的表情，難以想像她前一刻的沮喪。

「我有言在先，只到這幅畫完成為止。」

「嗯！那我就上了！」

「啊？現在？」

「當然啊！」

於是，我們決定馬上讓她附身。

因為我不知道該怎麼辦，所以我坐在椅子上深呼吸。

妙名站在我背後。

「妳真的知道怎麼做吧？」

「……嗯，現在這樣，我就覺得有辦法搞定。……那我就上囉？」

她用嚴肅的語氣說。

我屏住呼吸，耳朵深處似乎可以聽到自己的心跳聲和血液在動脈中流動的聲音。因為太緊張了，忍不住起了雞皮疙瘩。

然後就突然發生了。

一種難以用言語形容的微妙感覺從背後襲來，於是我知道她進入了我的身體。

寒意爬上身體，因為太強烈，我有點頭暈目眩——然後突然切換到我從未體會過的感覺。

「……啊……好像、進……去了……？」

我的嘴裡發出很不輪轉的聲音。

我覺得這個聲音好像從頭頂上傳來。

假設我的身體是一個容器，原本裝滿這個容器的「我」硬是被擠到了下半身，上半身裝了異物。我感受到比暈車嚴重好幾倍的不舒服感覺。

「……啊……我好像感受到了。啊，好久沒有、這種感覺了。」

妙名借了我的口，興奮地說道。

然後，她試圖活動手。

我感到更不舒服了。

「咦？沒辦法順利活動……。——妙名，不好意思，請妳馬上離開。」

我的意識穿插進去。

「拜託妳，趕快……！」

妙名似乎察覺到事態不妙，乖乖地離開了。

「………………」

我立刻感到極度疲勞，跪在地上，低下了頭。

「你、你沒事吧？」

妙名蹲下來問我。

「嗯，」我回答說，「……妳一進入我的身體，我就超不舒服，吃不消了……」

「呃……」

妙名愁容滿面。

「所以……不行嗎？」

「不……」我無力地抬起頭，「……只要試幾次，應該就會慢慢適應。」

妙名露出鬆了一口氣的表情。

「原來是這樣。」她一本正經地抱著雙臂，「大家都說第一次很痛。」

「不要再說黃色笑話！」

「那我回家了。」

我拿起書包，走向門口。

妙名跟了過來，送我離開。

「明天見。」

「嗯，拜拜。」

「電燈要關嗎？」

「嗯……開著吧。」

「好，那我走了。」

我轉頭看著她，她向我輕輕揮手。

窗外的天色已經黑了，她站在美術室的身影看起來格外孤單。

2

一進門，就立刻聞到了燉馬鈴薯和胡蘿蔔的味道。

「我回來了。」

我的話還沒有說完，後方的玻璃門就打開了，柚穿著拖鞋，啪答啪答地快步走過來。

「哥哥，你回來了。」

「我回來了。」

在我脫鞋子時，柚已經為我放好拖鞋，然後接過我的書包，簡直就像是新婚的妻子。雖然我跟她說過好幾次，叫她不需要這麼做，但她還是很堅持。

「今天吃咖哩嗎？」

「奶油燉菜，但如果你想吃咖哩，我也可以改煮咖哩。」

「不，奶油燉菜就好。」

我在說話的同時走進了餐廳。

我走向冰箱，想要找水喝。

「啊，你要喝什麼嗎？」

柚機靈地問我。

「嗯。」

「喝什麼？我——」

「沒關係，我可以自己……」

我本來想說「我可以自己倒」，但沒有繼續說下去。

這種時候，柚總是露出很落寞的表情。

所以無論她到門口來接我，或是家裡的事，我都完全交給她處理。在我讀小學時，媽媽就離家出走了。

「我要喝水。」我對她說，然後在桌旁坐了下來。

柚立刻拿了礦泉水，倒在杯子裡。

「啊，對了，哥哥。」柚好像突然想起這件事，「……剛才叔叔打電話來，說他出差要到週末才能回來。」

「……是喔。」

柚口中的「叔叔」就是我爸爸。其實柚也應該叫「爸爸」，只是她偶爾還是會說錯，我不會特地糾正她。

柚是爸爸好朋友的女兒，因為某種原因，爸爸收養了她，所以她成為我的妹妹。

「對了，柚，」我改變了話題，「聽說妳的第一志願是我讀的高中？」

「嗯。」

「嗯？為什麼？」

「呃，因為……很近啊。」

聽到妹妹這種很沒志氣的回答，我抓了抓頭。

「以妳的成績，應該可以考進更好的學校，妳的老師應該也這麼對妳說吧？」

「老師皺著眉頭說『須玉，妳真的很不會開玩笑』。」

她笑了起來，似乎覺得很好笑。柚是優等生，以後應該可以考進國立或是公立的大學。

「雖然現在不是成績決定一切……」

我簡直變成了家長，和她談論這些事。

「我讀的那所高中超爛，很多老師的課都超無聊。雖然標榜校風自由，但到處可以看到果汁的紙杯，聽我的絕對沒錯，妳重新考慮一下。」

「但是……很近啊。」

「雖然的確走路就可以到，但瑪莉安娜女子高中騎腳踏車不用二十分鐘，而且那所學校的風評也很好，從下枝搭快車也只要一站，學校的水準……」

說到這裡，我說不下去了。

因為柚目不轉睛地看著我，一臉快哭出來的表情。

「哥哥，你討厭我去讀你們學校嗎？」

「呃……不，不是這樣……」

即使我轉過頭，柚的雙眼仍然盯著我。雖然我搞不懂她為什麼這麼執著，但我沒辦法繼續堅持下去。

「……如果妳想讀我們學校也沒問題啊。」

「真的嗎？你不會覺得討厭嗎……？」

「不覺得啊。和妳一起去上學搞不好很不錯。」

柚聽到我這麼說，立刻露出喜悅的表情，笑得很開心。

「真期待春天。」

「……那我回房間休息一下。」

「嗯，晚餐做好時會叫你。」

「好。」我回答後站了起來，走出飯廳。

走上樓梯的腳步很沉重。妙名附身時的疲勞仍然留在身上。

──雖然我剛才這麼說，但真的沒問題嗎……？

想到未來的事，我忍不住感到沮喪，一打開房門──

「打擾了！」

妙名在我房間，我差一點跌倒。

「……妳怎麼會在這裡？」

「因為我想住你家啊。」

「……妳需要這種地方嗎？」

「你什麼意思啊！難道要我在那麼可怕的美術室過夜嗎？」

妙名生氣地說，但幽魂睡覺根本不需要床，而且來男生的房間也很奇怪。

「哥哥？」

突然聽到說話聲，我驚訝地轉過頭。

「柚、柚，什麼事？」

「你的書包留在下面。」

「是、是喔，不好意思。」
「——咦？」
柚訝異地把頭探進我的房間。
「哥哥，有人在你房間……？」
「呃……」
柚不顧我一臉驚訝，走進了房間，露出好像在搜尋敵人般的銳利眼神四處張望，看了妙名坐的地方好幾次。
「為、為什麼這麼說？」
「……沒事。」
柚一臉難以釋懷的表情嘀咕著，轉頭看向冒著冷汗的我說：
「哥哥，晚餐快好了。」
柚說完後下樓了。
「須玉，這樣不行啊，你該正式介紹我一下。」
妙名這麼對我說，似乎覺得很有趣。
吃完晚餐回到房間，妙名果然還在那裡，露出不懷好意的笑容看著我。

「原來那種書真的都放在床下。」

「妳在亂看什麼！」

我漲紅了臉抗議，妙名捂著臉說：「討厭啦。」

我想起之前柚為我打掃房間後，好一陣子都不跟我說話，也許就是這個原因。

「……妳來這裡，到底想要幹什麼？」

「來這裡住一晚啊。」

「住一晚……」

我完全搞不懂她想幹什麼。

「啊，你有CD，我看看……」

「喂，不要亂看啦。」

因為都是小眾音樂，我有點害羞，所以這麼警告她。妙名突然停了下來，深有感慨地說：

「這種感覺真棒……」

「這種感覺？」

我問她，妙名點了一下頭說：

「須玉，你剛才不是警告我嗎？我已經好久沒有在別人家裡感受到這種『妳來也沒有關係』

的感覺了。」

「………」

我似乎能夠理解她說的話。

妙名是幽魂，即使去同學家，別人也不知道她的存在。無論她看別人的床底下，或是亂翻別人的CD都無所謂。也許她來這裡，是想要受到普通的對待。

我站了起來。

「咦？你要去哪裡？」

「妳是客人，不倒杯茶不是很失禮嗎？」

妙名聽了我的話，開心地笑了起來。

「真是超感動。」

我和妙名面前的茶杯冒著白色熱氣。

「那幅畫的主題是聖誕節吧？」

我喝了一口問道，妙名當然沒有拿起來喝，但我覺得這樣的景象也很正常。

「嗯，對我和厚士來說是特別的回憶。」

「特別？」

「對，這是很溫馨的故事。你想聽嗎？你一定很想聽吧？」

「……嗯，是啊。」

妙名坐直了身體，輕輕咳了一下。

「很久很久以前，在一棟大廈公寓內……」

「很久以前哪有大廈公寓！」

「我們家和厚士家每年都一起舉行聖誕派對，在小六那一年，厚士在秋天之前就對我說：『我要送妳超讚的禮物。』」

「超讚的禮物？」

「對，因為我已經告訴他準備搬家，而且又是六年級，我隱約有預感，覺得那一年應該是最後一次辦派對了。事實上也的確是這樣。即使我問厚士：『很讚的禮物是什麼？』他也堅持說是秘密。」

「結果就等到聖誕節了嗎？」

妙名點了點頭。

「派對開始後，我以為終於可以拿到禮物了，沒想到他竟然說要等到『結束之後』。雖然我失望地『啊？』了一聲，但因為很想知道是什麼禮物，所以就耐心地等到派對結束。沒想到……

他又說『去公園等』！我差一點打他。那時候是冬天，那麼寒冷的夜晚，我等在社區公園，厚士終於來了，對我說：『就是這個』，然後把手伸進外套……」

妙名瞥了一眼我的眼睛。

「……他一臉興奮的表情，拿出了煙火。就是那種拿在手上放的煙火，他說他在夏天買的，然後一直藏著。『冬天放煙火是不是很棒？』我很傻眼……但又覺得的確很棒。厚士從以前就常常會這樣突發奇想。」

妙名說話時有點得意。

「但是，」她噗哧一聲笑了起來，「火藥受潮了，一直沒辦法點著。」

「哇。」

我笑了起來，妙名也跟著笑了。

「厚士慌了手腳，試了每一支煙火。我雖然有點失望，但也覺得無所謂了，就對厚士說，厚士，沒關係了，謝謝你。結果——他叫了一聲：『啊，點著了！』最後一支煙火咻地噴出了火……」

妙名做出把東西遞給我的動作。

「……厚士對我說：『聖誕快樂』，然後把噴著火的煙火遞給我。」

啊，妙名當時就是露出這樣的表情。她臉上的微笑讓我瞭解到這件事。

「……妙名，妳喜歡他嗎？」

我覺得眼前的氣氛讓我覺得可以問這個問題，所以忍不住問道。

妙名露出驚訝的表情，好像魔法突然消失了。

「不是，不是。」

她笑得肩膀都搖晃起來，似乎覺得很好笑。

「我和厚士不是這種關係，是很重要的兄弟姊妹……雖然這好像也不完全正確，但就是這種感覺，只是我說不清楚。」

妙名苦笑著。

「總之，我希望完成和厚士之間的這份回憶。」

她話語中的意志像祈禱般強烈，又帶著痛苦。

那應該是我們走過的「小孩子」這個特別的時期中，最後、也是最燦爛的回憶。

對變成幽魂的妙名來說，這件事的意義也和她活著的時候不再相同。

「好害羞啊。」

妙名拍著自己的臉頰。

我喝著已經變溫的紅茶，然後放回茶托，發出了輕微的聲音。

「……妙名，要不要來練習？」

「啊？練習什麼？」

「練習附身，我必須趕快適應。」

妙名聽到我這麼說，瞪大了眼睛，然後又瞇起眼睛。

「須玉，你為什麼願意為我做這些？」

她問我。

「因為心地很善良嗎？」

我知道這個問題的答案。

「……因為我也曾經有過一個青梅竹馬。」

我也把自己的過去告訴她作為回報。我說了桃香的事，以及她變成幽魂後重逢的事。

還告訴妙名，桃香說我拯救了她。

「……是喔。」

妙名抱著膝蓋，坐在那裡聽我說話。

「真令人難過。」

「是啊。……但是，我真的認為這樣的結果很圓滿。」

「……所以，我也可以向你撒嬌。」

「請妳手下留情。」

「幫我按肩膀。」

「妳給我滾出去。」

「開玩笑，開玩笑啦。須玉最帥了。」

我無奈地笑了起來。

3

我原本就不喜歡上數學課，所以幾乎徹底放棄了。

昨天晚上練習之後，終於能夠輕鬆附身了，但妙名遲遲不願離開，所以我們一直聊到天亮。

喀咚、喀咚、喀咚。我無法阻止自己因為想睡覺，腦袋不由自主地往下垂。眼皮也好像有千斤重。

唉，算了……正當我打算放棄，準備睡著的時候——

——！？

妙名附上了身。

——怎、怎麼回事？

我在心裡問。妙名借了我的嘴巴嘀咕說：

「好久沒上課了，想來上課感覺一下。」

不知道是不是聲帶的使用方法不一樣，說話的聲音有點高亢。

——既然這樣，妳在旁邊聽就好了啊……？

「我想要寫筆記，也可以作為畫畫的練習。」

——但也不能因為這樣，就……

「有什麼關係嘛，反正你剛才都已經想睡覺了。」

——妳也不想想是誰害的……

「我可是有說，你睡覺也沒關係。」

坐在旁邊的佐伯一臉訝異地看著我。

——喂，同學在看我。

「啊，沒事沒事。」

佐伯聽到妙名這麼說，露出有點驚訝的表情，把視線移了回去。

——她絕對覺得我怪怪的……

「坐你旁邊的女生是個正妹欸。」

妙名對垂頭喪氣的我說。

「須玉，你之前有沒有在意她？」

——沒有啊。

雖然我也覺得她是個小正妹。

「啊，你果然在意她。」

妙名微微揚起嘴角。

…………

原來她附身在我身上，所以完全知道我的想法。

「嗯，所以這裡的x……」

老師在黑板上寫計算式。

「那我就來寫筆記，可以嗎？」

——妳給我認真寫。

「我知道。」

妙名把自動鉛筆的筆芯壓了出來。

「……接著，分別乘以y……」

——喂……

妙名馬上就放棄了寫筆記，在筆記本上畫起了塗鴉。

「因為太無聊了啊。」

她在說話時，俐落地畫了一個二頭身的男生漫畫，然後還寫上『↑須玉』這兩個字。

「是不是很像？」

妙名竊笑起來，我保持沉默。只用○和□畫的臉根本談不上像或是不像。

「須玉，你沒有女朋友嗎？」

妙名一邊塗鴉，一邊問我。

——嗯……沒有啊。

「啊啊，那很寂寞吧。」

——不用妳管。

妙名為筆記本上的『須玉』畫了一滴眼淚。

不一會兒，下課鈴聲響了，老師走出教室。

——妙名，差不多了吧？妳可以……

「可以跟妳說句話嗎？」

妙名突然對佐伯說。

「啊？須玉，什麼事？」

——妙名……？

「我在想，不知道妳願不願意在聖誕節的時候和我一起去看電影？」

——！？

在場的所有同學都同時看著我。

「呃……？」

佐伯一臉錯愕。

「……那個……嗯……為什麼？」

「其實，我之前就一直對妳有好——對不起！！我跟妳開玩笑！！」

我慌忙奪回了身體自主權，直接衝出教室。

一直跑到樓梯口，才終於停下腳步。

「…………妳、到底、想幹嘛？」

我上氣不接下氣地問，站在我面前的妙名大言不慚地說：

「我想幫你交女朋友啊。」

「妳少管閒事……」

等一下回教室後，我不知道該怎麼辯解。想到這個問題，頭就痛了。

「你不必跟我客氣啦——」

「如果妳下次再亂來，我就去找通靈者驅除妳。」

「不，不要啦，我跟你開玩笑。堅決反對暴力。」

妙名似乎慌了手腳。

美術室的時鐘指向傍晚六點。

天色已暗，校舍內沒有其他人的動靜。

「……妙名，可以了。」

妙名聽到我這麼說，順利地進入我的身體。

「——嗯，感覺很不錯，簡直就像是自己的身體。」

她有點害怕地嘀咕，打開裝了繪畫工具的書包，開始做準備工作。

她在筆洗中裝了水，把壓克力顏料擠在紙調色盤上。

不一會兒，我感受到奇妙的感覺。

我可以體會到妙名的感性。

我完全瞭解了繪畫的意圖、繪畫的主題、為什麼要畫目前的東西、目前的完成度、顏色的協調和接下來的方向這些以前不懂的東西。

「那……我就開始了。」

妙名用畫筆沾了水。她的經驗再度和我冥契。洗筆的方法、溶解顏料的水的份量、混色的知識和比例、調整，沾取顏料的份量和筆尖的調整方法。

她將筆尖輕輕放在畫布上。

妙名熟悉的作畫感覺和我的完全不同，她很自然地描繪出形狀，完美地上色。我神奇地感受著這一切，簡直就像是自己擁有的技巧。還有利用陰影呈現立體感，遠近的深淺，以及……

拿起久違的畫筆所感受到的驚人喜悅。

我忘我地專注在眼前的畫上。畫、畫、畫。

我從來沒有體會過這種投入自己喜愛的事的充實感。我感到不知所措，同時也對她產生了尊敬。

不一會兒，妙名放下了畫筆。

她心滿意足地吐著氣。

「……嗯，沒問題！須玉，我可以。」

——太好了。

我發自內心地說。

「今天上午的事真對不起。」

妙名在洗畫筆的時候說。她應該是指約佐伯的事。

最後，事情並沒有像想像中那麼嚴重。……我希望是這樣。

——妳以後真的別再亂來了。

「因為我想感謝你，我還沒有回報你啊。」

…………

「我很在意這件事。」

妙名擦著筆，確認繪畫整體狀況。

「但我是幽魂，沒辦法送禮物給你，也不能讓你摸我的奶。」

——妳在說什麼！

「沒錯。」

——沒錯個屁！

妙名雙手抱在腦後，嘆了一口氣。

「真的沒有我能夠做到的事……」

——沒關係，我可以體驗寶貴的經驗。

「什麼意思？」

——我可以感覺到妳的感覺，像是在畫畫時想什麼，又是怎樣的感覺之類的事。

「原來是這樣。」

——是啊。

「感覺很色欸。」

——一點都不色！

妙名笑了起來。

雖然妙名滿嘴黃色笑話，而且整天搞笑，但其實心思很細膩，熱愛繪畫，而且很珍惜她的青梅竹馬。

4

「聖誕節怎麼可以沒有這個！」

妙名畫上白色後滿意地說。

美術室內，她拿著紙調色盤和畫筆，在畫布前作畫。

——差不多了。

我對她說。

「嗯，在平安夜完成，感覺很不錯。」

妙名在洗畫筆時回答。

沒錯，今天是平安夜。

同時也是結業式的日子。雖然中午剛過，但校園內靜悄悄的。

「須玉，今晚沒有人和你一起過平安夜吧？」

——這種事不重要……

「啊哈哈，對不起、對不起，其實你很不錯啊。」

她不經意地說完，隨即點了點頭，好像想到了什麼妙計。

「決定了！那我乾脆畫慢一天，今天晚上都附在你身上！」

她的提議完全不值得高興。

妙名後退幾步，打量著畫面整體的協調。

雖說快完成了，但這只是針對妙名負責的部分，另外一半只有著色到一半，有些地方仍然是草圖。

畫面可以大致分成內外兩個區域，由妙名負責內側，外側由厚士完成。

兩個人的筆觸差異很明顯，妙名的畫優美而細膩，連我都覺得「啊，她真會畫」。

但厚士的畫大膽奔放，有很多奇妙的主題熱鬧登場，目光會忍不住被他富有張力的色彩吸引。厚士的外框包圍了妙名富有常識性的內側，讓整幅畫呈現神奇的味道。

「不瞞你說，即使沒有死，我也打算讓這幅畫成為我們最後的合作。」

——啊？為什麼？

「因為我看到了我們之間才華的差異。」

妙名輕鬆地說完，再度走到畫布前，把輔助劑混在顏料上。

「厚士獨自畫比較好，照這樣下去，我會扯他的後腿。」

她調整畫筆形狀後，輕撫著畫布。她在畫一個看起來像女人的小人。

「這是我。」

旁邊站了一個應該是由厚士負責、看起來像半人半獸的角色，但只畫了草圖。

──我覺得妳也畫得很好。

「這種時候，外行人稱讚也很……」

妙名誇張地嘆了一口氣。

「厚士的心地太善良，而且會徹底避開這方面的自覺，即使他自己意識到了，也無法下定決心……雖然他很懦弱，但很頑固。所以……為了他的獨立，也許我必須死。」

──怎麼會！

我表達了抗議。怎麼可能有這種事？但是──

「如果不這麼想，根本沒辦法接受。」

輕描淡寫的語氣和完全相反的感情直接傳入我的內心……我只能沉默。

「雖然他現在很沮喪，但當他看到這幅畫，應該會想要繼續完成。如果他繼續囉哩八嗦，長野學姊這次應該真的會甩他耳光。」

妙名笑了起來，這時，拉門打開了，有腳步聲向這裡走來。

「慘了。」

如果被人發現我在畫這幅畫，而且畫得和妙名一模一樣就慘了。妙名仍然附在我身上，她慌忙把畫布和繪畫工具藏到後面，自己也躲了起來。

人影立刻經過隔牆，走了過來。

——啊……

是厚士和那個姓長野的學姊。

長野學姊東張西望，尋找原本放在那裡的東西。

「……學姊，妳有什麼話要對我說？」

他在學姊身後問。學姊一臉無奈地轉頭看著他。

「大森，畫到一半的那幅合作畫，你要一個人畫完。」

學姊說話的語氣很堅定。

躲起來的我和妙名可以看到長野學姊的後背，和站在學姊面前皺著眉頭的他。

「……妳在說什麼啊，這不可能。」

「妙名的部分也由你來畫就好。」

「不可能。」

「你打算就這樣一直不畫嗎？」

厚士聽到長野學姊的問題，垂下了眼睛。

「……對我來說，畫畫就是和妙名一起畫。」

窗外是連日難得一見的冬日藍天，這片風景和他們沉重的談話完全不相襯，簡直有點滑稽。

「雖然大家都說我們是合作，但對我來說，這才是『畫畫』。從幼稚園的塗鴉開始就是這樣，所以妙名走了之後……我沒辦法。我也不知道。」

長野學姊皺著眉頭，似乎在猶豫，不知道該說什麼。

「但是，你喜歡畫畫，不是嗎？」

「雖然喜歡……」

「不必擔心，」長野學姊語氣堅定地說服他，「你有才華，即使一個人，也可以畫出色的畫。妙名看到你現在這樣，一定不會高興。如果她在這裡，一定會和我說同樣的話。」

厚士，沒錯。

我好像聽到真的在這裡的妙名這麼小聲說。

他沉默了片刻，搖了搖頭。

「……那幅畫充滿了我和妙名最美好的回憶，我一個人無法完成，也不想一個人完成。」

「但是，大森——」

「只要那幅畫沒有完成，我就無法繼續前進，所以——」

「但正因為這樣，正因為是你們之間寶貴的回憶，所以你現在必須獨自完成。這是對妙名最好的悼念——」

「請妳不要說悼念這種話！」

空氣猛然震動。

沉默籠罩美術室內，幾乎可以聽到灰塵堆積的聲音。

「……對不起。」

長野學姊微微低著頭道歉，然後又說：

「你真的很喜歡妙名……」

她臉上的表情帶著一絲惆悵。

長野學姊的臉上露出罕見的溫柔笑容。

「對不起，我相信你還需要更多時間，而且……我也不應該多管閒事。」

她邁步準備離去。

「大森，那就第三學期見了。」

正當她準備走過厚士身旁時——

「…………不是。」

他說道。

長野學姊停下腳步，轉頭看著他。

「……妙名對我很重要，但我對她並不是喜歡之類的感情。雖然我說不清楚，但更是像家人的感覺。」

厚士為什麼要特地澄清這種事？他握緊拳頭。

「……是、這樣？」

學姊有點生硬地問。

「我喜歡的是……」

說到這裡，他閉了嘴。

「大森……？」

學姊問話的語氣帶著淡淡的期待。他轉過頭說：

「我喜歡的是……長野學姊。」

她微微張開的嘴唇緩緩閉了起來，什麼話都沒說。

厚士似乎有點不安，又說了一次：

「學姊，我對妳……」

「……嗯……」

這個聲音聽起來似乎有點呆滯。

這時，我突然感受到妙名起伏的內心。

我和妙名注視著他和她一動也不動地面對彼此。

他們兩個人之間的氣氛不像是第一次瞭解彼此的心意，而是慢慢建立了彼此關係的基礎，此刻終於浮出了表面。

我身為第三者，發現自己的身體開始顫抖。

——妙名……

長野學姊的手痙攣了一下。

兩個人好像擺脫了咒語的束縛，慢慢走向彼此。

他的雙手微微張開，輕輕摟住了學姊纖細的腰。兩個人靠在一起，身體貼得很緊。

四目凝視。她生疏地閉上了眼睛。

他也閉上了眼睛，嘴唇……

「不要！！」

妙名大叫了起來。

這是錯覺嗎？

我覺得有那麼一剎那，自己嘴裡發出的聲音中，夾雜著妙名原本的聲音。

他和她看過來，身體僵在那裡。——從他們的表情可以瞭解到的確是這樣。

那不是我的錯覺。

妙名仍然附在我身上，衝了出去。

當我跑過他們兩個人身旁時，原本放在後方的畫布倒了下來。

被妙名附身的我衝出了美術室。

5

屋頂吹著冷風。
太陽快要下山了，有一半沉落在市區的大樓中。
妙名在欄杆旁抱著膝蓋，夕陽穿過她的身體。
「…………」
我站在她身後，注視著她的背影，不知道該說什麼。
吐出來的氣變成白色，被迎面吹來的微風吹散。我把手放進口袋，身體抖了一下。
妙名的身體被染上暮色，一動也不動。
果然是這麼一回事。我心想道。
妙名果然喜歡厚士。
雖然她說他們之間的關係像兄弟姊妹，她自己也認為是這樣，但現在才發現自己真正的心意……
八成是這樣。

我不知道這種時候該說什麼，又覺得不管說什麼都是廢話，所以只能帶著猶豫，擔心地看著她。

咻。一陣強風吹過。

我的身體縮成一團。

風吹在我的臉上，連耳朵和鼻子的感覺都有點奇怪，冷得我牙齒都快要打顫了，繼續站在這裡可能有點受不了。

所以，我……

原本把臉埋進膝蓋的妙名抬起了頭，仰頭看著我。

我手上拿了兩個紙杯，我把裝了熱檸檬茶的紙杯放在妙名的腳尖前方，然後蹲了下來。

「你會冷嗎？」

妙名問我。

「很冷啊。」

我回答後，把冒著熱氣的紙杯舉到嘴邊。

「須玉，我想喝你的熱可可。」

「……我已經喝過了。」

「沒關係。」

我們交換了熱可可和檸檬茶。

我喝著紅茶，默默看向街道的方向。在走去自動販賣機買飲料時想了一些話，但現在沒有自信把這些話說出口。

我們都默不作聲，看著街道的方向。

籠罩周圍的空氣漸漸從黃昏變向夜晚時——

「聽說幽魂……」妙名輕輕開了口，「如果無法成佛，就會一直留在這個世界，好幾十年、好幾百年，留下憎恨、懊惱……我終於瞭解其中的原因了。」

我轉頭看著她。

「你想聽嗎？」

「嗯。」

「因為幽魂都是一個人，沮喪的時候，沒有像你這樣可以陪伴在身旁的人。」

妙名露出柔和的笑容。

我覺得有點害羞，喝了一口檸檬茶。

「我之前應該想要成佛。」

「啊？」

「像這樣。」妙名高舉起雙手，「因為我不想繼續留在這裡。……但是不行，我還是想完成那幅畫。」

「是喔……」

「對！」

她突然很有精神地說，然後猛然站了起來。

「須玉，我們回去美術室。」

「妳已經……沒事了嗎？」

「多虧了你！」

妙名語氣開朗地說。

這反而更令我感到極度難過。

「我必須把那幅畫完成。」

6

一道細細的光灑在靜悄悄的黑暗走廊上。
那是從美術室的拉門縫隙透出來的光。
我和妙名互看了一眼。有人在裡面嗎？
輕輕打開門，向裡面張望……沒有人影。
「是不是忘了關燈？」
「應該吧，趕快進去。」
我們走進美術室，走向隔牆裡面。
那裡——有一個男生。
「……厚士……」
是他。
他正在畫畫。
正在繼續那幅未完成的作品——

我們大驚失色，他轉過頭，似乎在等我們。然後叫了一聲：

「妙名？」

他抬頭看著站在那裡的我和妙名。

「啊……不……」

我說不出話，他苦笑著，似乎以為自己猜錯了。

「呃……我們是同年級吧？我姓大森，請多指教。」

「喔，我是、須玉……」

我們都很不自在，都抓著頭。像這樣自我介紹很害羞。

他看了看我的左右問：

「妙名……是不是在這附近？」

「呃……」

我忍不住揣測他這句話的意圖，他轉身看著畫布回答說：

「這是妙名畫的，我比任何人都清楚，這絕對不是別人的模仿。」

而且……他再度轉頭看著我。

「我原本就相信這種事。」

「…………」

「須玉。」

站在一旁的妙名叫我的名字。

看到她臉上的表情，我不需要問她想要我做什麼。我點了點頭，對他說：

「那我讓妙名附身……」

他隨即露出理解的眼神說：「原來是這麼一回事。」

我閉上眼睛，讓呼吸平靜。

妙名一下子就進來了。這是幾天來，已經很熟悉的感覺，我把自己交給了妙名——

在她的意志下，睜開了眼睛。

「……厚士。」

「妙名嗎？」

「不是，是須玉假冒的。」

他立刻放鬆了緊張。

「是妙玉。……這種感覺好奇怪。」

他看著我的外表說道。

「我比你還高。」

「是啊。」

「即使打架也不會輸你。」

「我原本就打不過妳。」

兩個人輕輕笑了起來。

「厚士，趕快開始吧！」

妙名說完，開始準備自己的繪畫工具。

「……妙名，剛才的事——」

「沒關係，厚士，趕快動手，幾乎都是你的部分沒有完成。」

妙名厲聲說道，他默默地混合顏料。

「這是平安夜的畫，所以必須在今天完成。」

妙名拿起畫筆和紙調色盤，站在他旁邊。

兩個人分別畫了起來。

我靜靜地看著他們。

這是很不可思議的景象。

兩個人都沒有說話，只是專心畫各自的部分，但我看在一旁，發現他們運筆並不是各畫各的，而是藉由完全不需要溝通的牢固意志共同作畫。

那是經由漫長的歲月培養起來的默契。

從他們的動作，以及散發出的感覺，可以瞭解到他們從小就一直這麼做。

這時——帶著感情的鮮明影像進入我的意識。

那是妙名的記憶。

幼稚園時的第一次聖誕派對。

從一大早就興奮期待，吃了很多美食，和他玩了很久，最後不想回家，哇哇大哭的幸福日子。然後用父母準備的繪畫組合送給他，他也送了父母準備的娃娃交換禮物。

幾年之後，聖誕派對變成了慣例。

到了妙名想要挑戰下廚的年齡，為他做了加了洋芋片的湯這道獨特料理。沒想到他竟然說「真難吃」，結果妙名很生氣，鬧了彆扭，兩個人大吵一架。雖然毀了難得的聖誕派對，但最後兩個人言歸於好，一起吃了蛋糕。他把湯都喝完了。

那次的禮物是親手烤的餅乾。他送了在學校作業製作的景泰藍戒指。

最後的聖誕派對。

超讚的禮物是什麼？妙名問他。他得意地說，那是秘密。妙名也打算送很讚的禮物，所以想要挑戰複雜的毛衣，但一個小時後就改變戰略，改為編織圍巾。

咻哇……在夜晚公園綻放的煙火就像載著妙名的感情，美得很不真實。

雖然在當時都是平淡無奇的一瞬間，但不知不覺中，放進了回憶的盒子，去除了雜質，變得美好，變得閃閃發亮。

這應該是妙名向我展現了世界上最重要的東西。

「…………。」

妙名把畫筆放進水桶內休息。

畫已經完成了超過九成。

「只剩下這裡。」

「對。」

兩個小人的腳下，空了一小塊。從作品的角度，如果不仔細看，並不會注意到這個地方。

他們要用相互交換的禮物填補這個空白。

「妳第一次送我的是繪畫套組。」

他畫了上去。

「我收到的是娃娃。」

妙名畫了上去。然後——

「玩具劍。」

「繪本。」

「餅乾。」

「景泰藍的戒指。」

「三種顏色的顏料。」

「繪畫組……我賺到了。」

用變形方式呈現的禮物填補了那片空白，避免看起來有廉價的感覺。

「最後是圍巾。」

「然後……」

聽到妙名這麼說，他換了一支細畫筆，兩個小人相互牽著的手上伸出一根木棒。

妙名用黃色的火粒點亮了木棒的前端。

「厚士，我跟你說。」

「嗯？」

「對我來說，你並不是我的兄弟。」

「呃……」

他顯得很緊張，妙名露出微笑，試圖讓他安心。

她的微笑中已經找不到脆弱和寂寞的影子。

「既不是兄弟，也不是朋友，也不是情……是目前還沒有找到適當的字眼形容的位置。這是我現在的感覺。」

短暫的沉默。她似乎在問，厚士，那你呢？他露出有點像哭一樣的表情點了點頭。

「嗯，我也、這麼覺得……」

妙名聽了，心滿意足地點了點頭。

「我們的關係很棒。」

妙名在說完這句話的同時停下了畫筆。

兩個人握著手，手上拿著好像蒲公英般的小煙火。

畫完成了。

我的身體立刻搖晃了一下，妙名好像滑落般離開了我的身體。

我知道這種情況的原因。

「……大森，妙名快要成佛了。」

我看著他，然後看向身旁。

妙名開始消失，雙眼露出心滿意足的神情，臉上帶著落寞的笑容。

「她現在就在這裡。」

我告訴他。

「……妙名……」

「厚士……以後即使只有你一個人，也要繼續畫下去。」

「她說……以後即使只有你一個人，也要繼續畫下去。」

我把妙名的話傳達給厚士。

「好……」

他的話音剛落，喉嚨發出「嗚」的聲音，按著自己的眼睛。

「不要哭……」

妙名說話時，自己也露出快哭出來的苦笑。

周圍瀰漫著離別時淡淡催促的空氣。

「我會……妙名，我會畫……」

厚士臉頰泛紅地回答，妙名用力點了點頭。

「要畫很多很多畫。」

「我會畫很多畫。」

「要出名喔。」

「我會。」

「要揚名全世界。」

「嗯。」

「即使這樣，也不要忘了我。」

「……怎麼可能忘記妳……？」

妙名的身影融化在空氣中。

「再見……厚士。」

「啊……」

他眨了眨眼睛。

「我可以聽到妳的聲音……」

這時，我已經看不到妙名臉上的表情。

「厚士…………聖誕快樂…………」

「嗯…………聖誕快樂……」

妙名消失了。

我覺得妙名在最後的剎那看了我一眼。

謝謝，須玉——。

這句話突然飄進我的腦袋。

雖然我們同班了一年，我之前只知道她的名字，但現在我很瞭解她。

我應該不會忘記她。

「……她一定去了天堂。」

我對垂著頭的他說，他輕輕點了點頭。

我吸了吸鼻子，看向窗外。

月光皎潔的平安夜。今年也沒有下雪。

沒錯，現實無法心想事成。

我看向剛完成的畫。

——正因為這樣。

我第一次被畫感動，忍不住想。

正因為現實是這樣，所以這裡才會飄下無數的雪。

致我的閨蜜

1

我犯了一個小錯誤。

「不，我不需要。」

遇到有人推銷，絕對不能回答，即使只是簡單地回答「不」而已。

「你別這麼說嘛，只要寫一張問卷就好，真的沒騙你，可以拿一整年的免費電影票！是不是賺翻了？」

走去車站的路上，染著一頭褐髮，一身黑色西裝的男人一直對我糾纏不清。

「我不需要，不好意思。」

「你這人真是不好說話，是不是沒女朋友？」

關你屁事。

不光是這種極端的狀況，我向來很討厭都市這種帶著銅臭味的自來熟。

「這可以成為你約女生的契機！絕對！你倒是聽我說話啊。」

當我無視他時，他不僅說話越來越不客氣，甚至有點惱羞成怒，最後竟然問我：

「那你到底想怎麼樣！？」

——我只是想拒絕你！

雖然我很想扯開嗓子大聲回答他，但我當然沒那份勇氣，所以繼續默默走路。那個男人才終於放棄，跑去找另一個女生，這應該是他終於放過我的原因。

「呼……」

我重重地嘆了一口氣。就是因為這樣，所以我才討厭都市。

放學後，我來到附近一帶最有都市味的上枝，購買找了很久的小眾外國音樂CD，正打算搭電車回家。

今天是情人節，但我的學校生活並沒有特別的事。

『女高中生連續隨機殺人事件的偵查持續陷入膠著。』

車站前大樓的大螢幕上播放著新聞字幕。

目前這一帶不時發生專門鎖定女高中生下手的隨機殺人，到目前為止，已經有四名女高中生遇害。

『被害人都是脖子或胸部中刀身亡，警方根據傷口部位一致，研判很有可能是同一個凶手所為，目前正在全力蒐集目擊消息，但仍然沒有掌握有力的線索。』

螢幕上出現了幾名被害人的照片和名字。

岩永宏美（十八歲）
木戶綾（十八歲）
川名水葡（十六歲）
梶原緒海（十七歲）

然後，我停下了腳步。

「………」

視線前方。

一名少女站在螢幕下方。

她剪了一頭短髮，下巴很尖，一雙細長的眼睛，五官看起來瀟灑自若。

她身材筆直高挑，看起來像中世紀的騎士。

第三名被害人——川名水葡面無表情地抬頭看著報導自己死訊的新聞。

我可以看到幽魂。

她輕飄飄地轉過頭，我來不及避開，視線和她相遇。

她對著我微微揚起眼尾，苦笑起來。

好像在說，就是這麼一回事。

然後，她朝我走過來。她是幽魂，走路當然沒有腳步聲，但她走路的樣子好像有練過，我猜想她生前走路應該也沒有聲音。

我記得在新聞中看過，她好像在練什麼武術。

事到如今，我不可能走開，只能心情沉重地站在原地。

她在距離我一公尺的地方停了下來。

她注視我的眼神很嚴肅——蘊含著像刀子一樣寧靜的威嚴，我連小拇指都無法動彈。

「我有事想要拜託你。」

「呃！」

我忍不住發出了聲音，然後左顧右盼。剛好路過的幾個人訝異地看了我一眼走開了。其他人覺得我在自言自語。

「對不起。」

她察覺到我的處境，向我道歉。她的聲音很中性，也很清澈，很符合她的外表。

「我們換一個地方，去對面的廣場。走吧。」

「等、等一下。」

說完就邁開步伐的她停下腳步。

「我沒有答應要聽妳說話。」

她露出錯愕的表情——隨即舉手按著額頭。

「對喔。……對不起。」

她一臉失望的表情，前一刻的威嚴完全消失了。也許她屬於那種一旦專注於某一件事，就看不到周圍情況的個性。

「不好意思，耽誤你時間了。」

她笑了笑，笑容中帶著哀傷。

她的哀傷來自於毫無道理地遭人殺害？還是內心有未完成的事，才會有這樣的表情？

「再見。」

「啊……」

雖然我開了口，但還是愣在原地。

我之前曾經看過這種表情兩次。

那兩個女生都有未完成的事。

當她們得到救贖時……露出了燦爛的表情。

「怎麼了？」

她問，我回答說：

「……還是聽妳說一下吧。」

她又露出驚訝的表情，然後嘴角露出笑容，似乎鬆了一口氣。

「不好意思。」

她一板一眼地鞠了一躬。

她的姿勢很端正，令人賞心悅目。

我們來到車站附近的公園廣場。

寒冷的傍晚，公園內幾乎沒有人影。

我坐在角落的長椅上。

我可以隱約感覺到她——川名在旁邊坐下的輕微動靜。

我看著她的側臉，覺得她本人比電視上更漂亮。

新聞報導說，上個月底，她去柔道館回家的路上遇刺。因為學武的女生遇害，所以電視上也頻繁討論這起案例，努力推測凶手是怎樣的人。

「所以……妳想拜託我什麼事？」

「請你協助逮捕凶手。」

她轉過頭看著我，黑暗中，她的眼神格外清澈。

「妳知道誰是凶手嗎？」

她搖了搖頭。

「我沒有看到凶手的長相。……當時我腦袋正在放空，馬上就死了。」

「所以……」

「對，沒有任何線索，但是……」

無論如何都想要抓到凶手——

她放在腿上的雙手握緊拳頭。即使失去了肉體，仍然可以發出藉由修練練就的氣勢。

「是因為……妳痛恨凶手嗎？」

「不，不是這樣。」

她又搖了搖頭。

她靜靜地仰起頭，她的臉頰在白色路燈照射下變得透明。都會的夜空呈現出好像水中融化了鐵鏽般的顏色。

「我想要保護我的閨蜜。」

她像是自言自語般地說。

「閨蜜？」

「嗯。……不是。」

川名自嘲地補充說：

「應該說……曾經是閨蜜。」

我露出充滿疑問的眼神。

「之前，我曾經有過一個閨蜜。」

她娓娓向我道來。

「她叫由佳里，對……」

她想了一下，緩緩轉頭看著我說：

「就像是漂亮晶瑩的花瓣……她就是那樣的女生。」

她在介紹時，臉上的表情好像在炫耀自己的寶物。

「雖然自己這麼說有點奇怪，但我這個人很笨拙，很不合群。在升上高中之前，完全沒有朋友，但是……」

從她低沉而清澈的聲音中，可以感受到她愉快不已的記憶。

「即使我是這種個性，由佳里仍然很自然地和我當朋友。」

我吐著白氣，聽著她的訴說。

「但是，如果由佳里不和我在一起，她可以有更多朋友，她可以和整個學校的同學當朋友。但她選擇和我當朋友，我覺得很對不起她。當我這麼告訴她，由佳里……由佳里她……」

她的聲音發著抖。

「她對我說……『因為我喜歡水葡』……」

我吐了一口氣，好像剛吃了很甜、很美味的食物。

「我很高興……」

我在聽她說話時，突然想起去年聖誕節遇見到的妙名。死去的人都很想和別人分享自己的回憶嗎？

「但是……」

川名露出沉痛的表情低下了頭。

「我真的太笨拙了……所以傷害了由佳里，然後，我就……」

她用指甲抓著大腿，陷入了沉默。接著，用意志堅定的語氣說：

「所以，至少希望——可以保護她。」

一個玩滑板的中學生從我們面前經過，不一會兒，就聽到啪答一聲，滑板翻身的聲音。

我忍不住感到好奇。

她為什麼會傷害這麼重要的朋友？而且——

「保護妳的朋友和抓到凶手有什麼關係？」

問出口之後，我終於恍然大悟。

「凶手的下一個目標該不會是妳朋友？」

「不，我不知道。」

「啊？」

「凶手鎖定這一帶的女高中生。」川名嚴肅地向滿臉困惑的我解釋，「既然這樣……就無法排除由佳里成為下一個目標的可能性。」

如果我是諧星，就會從椅子上跌下去。

「我知道，我知道這種可能性微乎其微，」川名一個勁地解釋，「但並不能完全排除這種可能性，我真的感到很不安，所以我現在仍然……」

難道她是因為這個原因，至今仍然無法成佛嗎？

為了失和的閨蜜可能遭遇到幾乎不太可能的危險，她變成幽魂，繼續在這個世界徘徊。我總覺得這實在……

「……很笨拙。」

我說。

「是啊。」

川名並不否認。

「我就是這樣，即使死了也改不了。」

說完，她的眼尾皺了起來，露出了苦笑。

2

我決定協助川名。

和她約定明天星期六開始調查凶手之後，我才搭車回家。

「…………」

一想到回家，心情就很鬱悶。

沒有血緣關係的妹妹當然在家，應該做好了晚餐等我回家。

但是——一年之中，只有今天這一天，我必須接受逃不掉的考驗。

「哥哥，你回來了！」

我一打開門，柚就滿面笑容地迎接我。她似乎一直等在玄關。

「我、我回來了。」

我立刻緊張起來。

「我一直在等你。」

柚害羞地把雙手藏在身後。

從昨天深夜廚房飄出來的味道，我已經知道她手上拿著什麼。

今年的考驗擺在我面前。

我假裝沒有察覺，準備走進屋。這是我最後的掙扎。

「……哥哥。」

啊，逃不掉了。

柚輕輕遞上藏在身後的小盒子。

「送你巧克力。」

「…………」

我在感到高興的同時，更感到絕望。

我不喜歡吃巧克力。

自從以前曾經因為吃太多導致嘔吐之後，只要吃一口，就會反胃、嘔吐，甚至會感到頭暈。

但是……

「柚，謝謝妳。」

「嗯。」

看到柚的表情，我根本無法說實話。

因為這個妹妹特地送巧克力給我這個沒有人緣的哥哥。

「……」

柚注視我的雙眼似乎在問，你喜歡嗎？她似乎希望我當場打開，表達自己的感想。

「今年做的是什麼巧克力？」

我努力裝出開心的表情，打開了包裝。

打開盒子，發現裡面裝的是形狀漂亮的小型巧克力。每個巧克力都不一樣，角落是一個心形巧克力。柚每年都做巧克力，而且一年比一年更厲害。

我聞著可可粉的香味，額頭冒著冷汗。

「看起來真好吃，那我就在晚餐前先吃一個。」

「嗯，你吃吃看。」

我不能辜負她臉上的笑容。

我的妹妹才色兼備，連家事也一手包辦，簡直完美無缺，這是我這個當哥哥的唯一能為她做的事。

我因為渾身發冷而顫抖，拿起一顆巧克力，慢慢放進嘴裡。

我硬是把帶著甜味的黏稠物體吞了下去，拚命忍住嘴巴的痙攣，用整個身心做出自然的表情。

「嗯，好吃。」

今年的考驗結束了。

「太好了。」

柚的笑容像盛開的蒲公英。

我的努力有了回報。

走進飯廳，桌上已經準備好晚餐了。

「我馬上就好。」

柚心情愉快地將味噌湯加熱，我坐在椅子上等待。

「哥哥……」

「嗯？」

「呃……今天怎麼樣？有沒有其他人送你巧克力？」

一聽到這個問題，我就忍不住反胃。

「只要有妳的巧克力就夠了。」

「呃……」

柚停下了手，然後漲紅了臉，手足無措地注視著我。

「呃……哥哥，這是、什麼意思？」

「喔，不是啦，我很喜歡巧克力喔！」

我擔心她發現我討厭巧克力，慌忙補充說。

「所以，嗯，該怎麼說，對啊！除了妳以外，我也很希望其他女生可以送我巧克力。」

「這樣……啊。」

柚的視線立刻移回鍋子。

——咦？

我覺得柚周圍的空氣似乎不一樣了，難道是我想太多？

「好了，讓你久等了。」

「…………」

既然這樣，柚端給我的飯和味噌湯實在少得可憐，這難道也是我想太多嗎？

「……我說柚啊，」

「什麼事？」

我覺得她的聲音聽起來有點冷漠。

「不、不……，沒事。」

我覺得深入追究會很可怕，所以告訴自己，是我想太多了。

「啊！」

當柚在為自己裝味噌湯時，手一滑，碗掉了。啪！碗裡的味噌湯都灑了。

「妳沒事吧！？」

「嗯、嗯，我沒事。」

「是喔。」

這種時候，守護靈通常會出手相助。

此刻我也發現柚的守護靈讓她巧妙地向後退，避免被熱湯燙傷。雖然必須很用力才能看到，但可以感覺到守護靈的存在。

柚收拾完畢後坐在餐桌旁。

「那就開動……」

我的話說到一半時，聽到了玄關的門打開的聲音。

「………」

聽到腳步聲慢慢走近，我的表情緊張起來。

喀啦一聲，玻璃門打開了。

「……我回來了。」

是因為看到了我，所以打招呼前停頓了一下嗎？

「工作提早結束了。」

爸爸好像在辯解似地補充。

「爸爸，你回來了。」

「柚，我回來了。」

「…………」

我沒有轉頭，悶不吭氣。

「要喝啤酒嗎？」

柚準備站起來。

「不，不用了，我現在不餓，等一下再說。」

爸爸留下無力的笑容後關上了門，靜靜地離開了。

「……根本不需要躲去自己房間啊。」

我小聲嘀咕。

柚神情黯然，似乎感到很抱歉。

「柚，妳不必露出這樣的表情，妳完全沒必要這樣。」

我慌忙對她說。這根本不是柚的錯，而是我們的父母造成的。

「但是……」

「別說了，趕快吃吧。」

我露出生硬的笑容催促她。

「嗯……」

柚點了點頭，也拿起了筷子。

我們開始吃晚餐。

「啊，對了，隨機殺人案至今仍然沒有偵破。」

柚改變了話題。

我剛好和這件事扯上了關係，忍不住一驚。

「是啊。」

我說話有點支支吾吾。

「真希望趕快抓到凶手。」

「目前完全沒有線索。」我說，「如果要妳找出凶手，妳會怎麼做？」

「我嗎？」

「對。」

來聽聽聰明伶俐的妹妹有什麼意見。

「我想想……我想會查一下被害人的共同點，然後就是四處多打聽吧。」

「嗯，但這些事警察已經做得很充分了。」

「應該吧。」

「但還是沒有找到凶手……」

「那可未必。」

「啊？」

「有時候即使偵查已經有了進展，也可能沒有對外公布啊。」

——喔，有道理。

「只有凶手知道的事實可能是重要的證據，只是還沒有浮上檯面。」

「對喔……有道理。」

「嗯，其實我也不太清楚啦。」

柚噗哧笑了一聲，喝了一口茶。

3

「……情況怎麼樣？」

川名走回來時，我立刻問她。

她默默搖了搖頭。

「好像真的沒有任何進展。」

「是喔……」

我小聲嘟噥著，看向川名剛才走出來的警察分局。

昨天的談話讓我想到可以試試一個方法。就是由幽魂川名進入警察局內，掌握最新的偵查情況。

沒想到揮棒落空了。

「……怎麼辦？」

我抱著雙臂，思考下一步該怎麼走。偵查工作馬上就遇到了瓶頸。

「須玉，對不起……」

「不——」

……呃。

我又有點噁心。

「你怎麼了？今天好像一見面，你的氣色就不太好……」

「不瞞妳說……」

我苦笑著把實情告訴了一臉擔心的川名。

妹妹送了我巧克力，偏偏我超討厭巧克力，但我還是拚了小命吃，到深夜總算把巧克力吃完了。

「現在還覺得想吐……」

「你真是一個好哥哥。」

川名瞇起眼睛。

然後，她的視線焦點突然移向遠方，彷彿那裡有什麼愉快的事。

「我去年也做了巧克力……」

我有點驚訝，因為和她的印象很不相符。

「不、不是啦……」

川名察覺了我的視線，清了清嗓子。

「那個、該怎麼說，沒有什麼特別的意思，只是心血來潮……剛好有空。」

她害羞地自我辯解。

「有什麼關係嘛！」

「我什麼都沒說啊。」

「我並沒有男朋友，也沒有喜歡的人，我知道你會納悶，既然這樣，為什麼要做巧克力，而且也的確引發了傷腦筋的問題……」

「傷腦筋的問題？」

「我試著做了情人節巧克力，從把原料的巧克力隔著熱水加熱開始，然後做成漂亮的心形，再包裝得很可愛……雖然自己說可能沒什麼說服力，但我真的覺得成果很滿意。我拿在手上，忍不住看得出了神——這時，突然發現自己闖禍了。我……『該怎麼處理這個？』」

「怎麼處理？」

「我這麼想……」川名一臉嚴肅地回答，「『這是情人節巧克力，當然只能送給喜歡的男生。』」

「……啊？」

「我並沒有喜歡的男生，所以很傷腦筋。」

我目瞪口呆。

「但是……妳可以自己吃，或是送給妳爸爸，不是嗎？」

「我知道，我知道這是妥善的處理方法，但即使我知道，我也不想這麼做。我覺得充滿真心誠意製作的巧克力必須送給喜歡的人。所以我……」

川名繼續說了下去。

「我決定尋找喜歡的對象。」

「…………」

我一片茫然，覺得這根本是本末顛倒。

「情人節那一天，我很著急，不知道該送給誰，打量著班上的男生。我極其認真地看著每一個人。……沒想到大家都露出害怕的表情逃開了，我甚至聽到有人哭著說：『川名要殺我。』」

「…………」

「結果就放學了……」

我對那些男生很有共鳴，但也同時覺得怎麼會有這種事。

「我失望地準備回家時——由佳里問我怎麼了。」

故事的方向似乎要改變了。

「我雖然覺得很難為情，但還是把情況告訴了她。由佳里說：『交給我吧』，然後就回家了。我也回到家裡，有點難過地打量了從書包裡拿出來的巧克力很久。這時，玄關的門鈴響了，打開一看——一個可疑人物站在門口。」

「可疑……？」

「起初我不知道是誰。那個人很矮，頭上綁著頭巾，戴著墨鏡，穿著皮夾克和牛仔褲，對我說：『川名妹妹，巧克力送我。』……是由佳里的聲音。我大吃一驚。——沒想到由佳里靦腆地笑了起來，張開穿著鬆垮垮衣服的雙手問我：『我看起來不像男生嗎？』」

那套衣服完全不適合她，簡直不適合到可怕的程度……川名深有感慨地小聲說道，但她的嘴角上揚。

「由佳里上門來拿我的巧克力。雖然她不是真正的男生，她竟然穿成那樣走在街上也讓我很驚訝，但她願意為我這麼做的心意，讓我笨拙的心也完全投降了。我覺得這樣的結局很完美，因為我把巧克力……送給了最喜歡的人……」

川名垂下雙眼，似乎在回想當時的情況。

「由佳里很高興地用男生的語氣說：『讚喔！這是我這輩子第一次收到的巧克力！』我注

視著為我做這一切的由佳里，拚命忍住淚水，努力不讓氣氛變得感傷。……當時，我就下定決心。」

她毅然抬起頭。

「從今以後，由佳里是我最好的朋友——」

「是喔……」

我帶著誠摯的心情回應，很在意之後到底發生了什麼事，破壞了她們之間的關係。

「白色情人節時，由佳里又穿上那套衣服，然後送了我餅乾。」

川名補充了後續的狀況。

「你在白色情人節時，應該也會送你妹妹禮物吧？」

「呃……」

我說不出話。

「怎麼了？」

「不，我知道該回禮……」

「你該不會……不打算回禮？」

川名板起了臉。

「因為覺得有點不好意思……所以從來沒有送過回禮。」

「你……」

她的聲音一下子變得低沉。

「你說從來？所以不是第一次？你是慣犯？」

她一口氣問道。

「嗯，是啊……」

「幾次？至今為止有幾次？」

「從她來我家的隔年開始……所以是四次。」

「四次！？」

川名大聲叫了起來。

「……怎麼會有這種事……？」

神啊……她嘀咕時的語氣好像在這麼說，然後用銳利的眼神看著我。

「須玉……」

「幹、幹嘛？」

「你是魔鬼。」

「啊……？」

「白色情人節不送回禮，而且還四次……這是大罪，要判處二十年以下的有期徒刑。」

「太重了吧……」

「否則，我就會把你詛咒死。」

川名一臉陰沉地說。她是幽魂，說這種話太可怕了。

我的心裡忍不住發毛，她氣勢洶洶地向我逼近。

「須玉，你聽好了……女生即使沒有說出口，也非常非常非常期待這種事。」

「喔，好……」

「你犯了這麼重大的罪行，就不能只是用巧克力或是餅乾打發了。要預約一家很棒的餐廳，好好安排一場愉快的約會。……嗯……」

川名想了一下後，一口氣說了起來——

「地點就安排在成鳥。首先去四鄰大道的『Patisserie Du Chef Watabe』，這家店從去年開始推出了白色情人節限定版的白巧克力蛋糕。說到白巧克力，通常會聯想到黏膩的感覺，但那家店的白巧克力蛋糕味道很細膩，而且加了洋酒，所以有成熟的味道，各個年齡層的女生都很愛，而且要預訂。」

「呃……？」

「在那裡度過愉快的時光後，再去看電影。去年年底開始上演的戀愛片《你親手帶來春天》似乎不錯，從四鄰大道走路五分鐘的成鳥影城有演這一部。走出電影院之後，走去參道方向的散步道，沿途討論對電影的感想，然後請她一起坐在長椅上。

「這時，就要送她禮物——

「剛才的蛋糕只是開場，是為了襯托在這裡的驚喜。必須考慮對方的喜好，用心挑選禮物。只要這樣用心挑選，任何禮物都會令對方感到高興，但是要避免送消耗品。總之，這裡才是重點。只要能夠順利過這一關，她的心就屬於你了。加油！」

「但是，她是我妹妹……」

我雖然被她震懾，但還是這麼回答。話說回來……

「妳也未免太瞭解了。」

我感到很意外，忍不住這麼說，川名驚訝地低下了頭。

還有剛才情人節的事……當我帶著這種想法注視她時，她似乎終於決定實話實說。

「……我曾經預習過。」

「預習？」

川名用力抿著嘴。她似乎很害羞。

「……為以後交到男朋友時預習。」

她垂著雙眼，輕聲回答。

「我看了導覽書和很多參考書，想像了一下。我很——嚮往交男朋友。」

她連耳朵都紅了，簡直就像渾身還有血液流動。從令人有硬派印象的川名身上絕對不可能聽到這種話，正因為這樣——所以才格外有份量。

「雖然最後並沒有派上用場。」

川名落寞地揚起嘴角。

我忍不住想像。

川名翻著約會資訊雜誌。雖然一臉陶醉的表情，但別人覺得她在不高興。她給人這樣的感覺。

但其實她充滿了少女心，內心帶著憧憬……希望有朝一日能夠和男生約會。

然而，她還來不及實現一次……

「我說……」我開了口，「如果妳不嫌棄……等一下要不要去看電影？」

川名抬起頭。

我抓了抓太陽穴說：

「如果妳不介意和我一起看的話。」

川名顯得有點驚訝，但隨即像陽光照在她身上般，展露了開朗的笑容——她漲紅了臉，端正姿勢說：

「啊，啊啊。那個……如果你不介意和我……那個、我欣然接受……」

她的動作很可愛，我反而有點害羞起來。

「當、當然很樂意啊。那……我們走吧？」

嗯。川名點了點頭——

嚮往已久的約會。

她忍不住輕聲說道。

因為是星期六下午，所以路上有很多行人來來往往。

大部分都是情侶……是因為我特別注意，才會有這種感覺嗎？

我和川名並肩走在街上。

我不知道該和她保持多少距離。雖然我努力不去注意這件事，但川名不時看著我，當我回頭時，我們的視線剛好交會，然後兩個人都同時移開視線。

我們兩個人之間有一種躁動不安的感覺。

簡直就像少女漫畫的情節……

「啊！」

聽到川名的叫聲，我立刻回頭看她。

「你看那裡的櫥窗。」

「喔……」

順著川名手指的方向看去，櫥窗內櫻花花瓣飄舞，百貨公司的櫥窗打造出春天的感覺。

「還真是迫不及待。」

「但我覺得很棒。」

「對，那倒是。」

「嗯，有一種新鮮的感覺。」

我們邊走邊聊，走過那個櫥窗。

車子和人。街上無數的聲音融化在空氣中，似乎為冬天的假日帶來些許溫度。

「真開心。」

川名感慨萬千地嘟噥。光是走在一起，就是一件開心的事。

「是嗎?」

「嗯。」

「太好了。」

我們的對話也融化在冬日的街道。

「我和由佳里在放學時經常去的一家很喜歡的蛋糕店就在前面。」

「是嗎?那看完電影後要不要去看看?」

「好啊,超級推薦水果塔。」

她心情愉快地笑了起來。

這時——

川名突然停下了腳步。

「川名?」

「……由佳里……」

川名一臉茫然地嘀咕。

我順著她張大的眼睛望去——看到一個女生迎面走來。

那個女生手拿托特包,看起來溫柔婉約,完全符合川名之前形容她「像是漂亮晶瑩的花瓣」

的感覺。

「她就是由佳里。」

川名露出懷念的眼神說。

來往的人群中，由佳里走路的樣子看起來有點輕飄飄的，被人潮擠來擠去。

「她沒問題吧……」

川名擔心地說。

「由佳里雖然喜歡人多的地方，但不太能適應，所以和我在一起的時候也經常跌倒——」

撲通。

由佳里跌倒了。

「由佳里！！」

川名跑了過去，但她是幽魂，完全幫不上忙，只能在一旁手足無措。

我也跟著跑過去，撿起從托特包裡掉出來的東西。是線香。

「呃，這個……」

當她站起來時，我把線香遞給她。

「啊！謝謝你。」

她立刻接了過去，對我深深鞠了一躬。

「真的萬分感謝。」

她誠惶誠恐的樣子，簡直就像民女見到了領主。

「呃，妳沒事吧？」

「對，我沒事。」

「是嗎？那……」

「請你等一下。」

我正準備離開，她抓住了我的手。

「那個……請你讓我有機會道謝！」

「不，沒關係。」

我用力搖著頭。

「這可不行！啊，那去那家店喝咖啡！」

「不用了，我只是幫妳把東西撿起來……」

「請你別這麼說，拜託了！」

「其實……」

「啊，你不要誤會！不是那樣！我並不是藉故搭訕！！」

最後，我終究拗不過她，和她一起走進咖啡店。

「由佳里就是這樣的女生。」

川名充滿憐愛地輕聲說道。

我和寺橋由佳里面對面坐在雅致時尚的咖啡廳內。

「我十七年來，一直這麼以為，真是太丟臉了。」

寺橋呵呵笑了起來，肩膀也跟著晃動。

她剛才似乎太緊張了。此刻邊喝咖啡邊聊天的樣子看起來很開朗，也很鎮定自若。

「這件事還有後續……」

通常因為像剛才那樣的原因坐在一起喝咖啡都會很尷尬，但她很自然地營造出自在的氣氛，避免彼此尷尬。她的個性看起來的確像是有很多朋友。

「她平安無事，真是太好了……」

川名注視著寺橋說。雖然川名坐在我旁邊的座位，但是除了我以外的人，會覺得那裡只是空位。

寺橋從托特包中拿出一個盒子。

是蛋糕店的盒子。

「啊……果然毀了。」

她探頭向盒子裡張望，小聲地說：「得重新去買。」

川名露出驚訝的表情說：

「全都是我喜歡的……」

「啊？」

我忍不住反問。

「什麼？」

寺橋以為我問她。

「啊，不，沒事。」

為了掩飾窘態，我問她：

「……這些蛋糕是？」

寺橋蓋起蛋糕盒，露出淡淡的微笑說：

「……我要去為朋友掃墓。」

她臉上帶著淡淡的笑容。

「……由佳里……」

川名露出驚訝的表情，然後——好像既高興，又有點難過。

「原來是這樣。」

「對，她是我的閨蜜。」

寺橋極其簡潔地回答。

「閨蜜……」

我重複了一次。她對川名的態度似乎並沒有改變。

「……她是怎樣的人？」

寺橋聽了我的問題，毫不猶豫地說：

「她是一個很可愛的女生。」

說完之後，她又露出凝望遠方的眼神說：

「她和我走在一起時都會保護我，防止我跌倒，她就是這樣的女生。她個子很高，也很瀟灑，在練傳統武術……我很依賴她。」

「是喔……」

「她其實很喜歡花卉、小動物這些女生喜歡的東西，但這應該是只有我知道的秘密。」

她說話時顯得有點得意。

「而且……她也很嚮往美好的戀情。」

寺橋露出落寞的微笑。

我注視著她，忍不住——

「妳們真的是閨蜜。」

我這麼認為。

「對。」

她點了點頭，這個話題也告一段落。

我正想要喝咖啡時，她又繼續說了下去。

「……但是，我傷害了閨蜜。」

我停下了手，坐在對面的她低頭看著斜下方。那裡是——除了我以外，別人覺得沒有坐人的空椅子。

「怎麼會這樣……對不起，雖然我們第一次見面，但我很希望……很希望你能聽我說。」

連她自己似乎也感到不知所措。

「是不是很奇怪……？」

寺橋似乎想要告訴我一些私密的事。

我瞥了川名一眼，徵求她的意見，問她我是不是可以聽。

請你聽她說。

川名注視著我，似乎在這麼回答。

「不……這並不奇怪。」

寺橋聽到我的回答，靜靜地說了起來。

「有一個其他班的男生，因為我和他都是文化祭的執行委員，所以之後就經常聊天。我們的興趣一致，而且那個男生很有主見，會決定自己該做的事。我很快就喜歡上他了。」

她侃侃而談，簡直就像是輕鬆把瓶子裡的水倒出來。

「正當我想向他表達心意，而且覺得必須把自己的心意告訴他時，他主動約我，說『有話要對妳說』。我緊張得快要昏倒了，他請我——為他和我的閨蜜牽線。」

「…………」

川名用力咬著牙齒。她似乎極度懊惱，發現原來事情的真相果然是這樣。

「我接受了他的拜託，因為我只能這麼做。我用自然的方式把他介紹給我的閨蜜，然後讓他們獨處……也為他創造了表白的機會。因為他的真心誠意，而且他比大家說得更加出色……我希望能夠讓水葡實現她嚮往的事。水葡的個性很害羞，很可能一直做夢下去，無法實現……」

寺橋的眼眸顫動，但她的笑容好像快哭出來了。

川名像冰雕像般僵在那裡。

「……但是，水葡拒絕了他的表白，而且好像用很冷漠的方式拒絕。那個男生很沮喪，所以……」

她用力吸了吸鼻子。

「我覺得很無奈……所以就對水葡說：『我討厭妳！！』……我對她說了這句話，然後，水葡……水葡那天就……」

寺橋憋著呼吸，肩膀微微痙攣，似乎在忍著嗚咽。

「……我還來不及向她道歉……」

她擠出聲音。

「就再也沒機會和她說話了……所以，我想從今以後，我永遠都無法原諒自己……」

說完，她用雙手捂住了臉。

「由佳里！！」

川名站了起來，想要撫摸她的肩膀。

「由佳里，不是妳的錯！是我錯了！我完全不瞭解妳的心意！在臨死那一刻之前，都沒有發現妳的心意！！」

「我好想……見到水葡……」

但是，川名無法觸摸她。

「由佳里！！由佳里！！拜託妳，不要為這種事這麼痛苦！！」

「水葡，對不起……」

寺橋也聽不到川名的聲音。

「……聽我說，妳聽我說……由佳里……」

我看了於心不忍。

過了很久，目送寺橋離去後，站在我身旁的川名用空洞的聲音說：

「我為什麼就這樣死了……」

我絞盡腦汁思考，自己該怎麼辦。

4

「真的有辦法做到嗎……？」

川名聽了我的話，露出難以置信，卻又充滿期待的眼神問。

「對，我之前也做過，所以沒問題。」

我坐在桌前的椅子上回答。

窗外的天色已黑。

我帶著川名回到家中，告訴她有方法可以向寺橋表達內心的想法。

這個方法就是——

「妳可以附身在我身上，然後寫信給她。然後我假裝是妳的親戚，說是最近找到了妳的遺物，所以拿去交給她。」

我認為這種方法比扮演通靈者，對寺橋說：「川名的靈魂在這裡，她這麼對妳說」的方法更理想。

「川名，妳有辦法做到嗎？之前附身在我身上的女生說，她知道要怎麼做。」

川名沒有說話，似乎在問自己。

「…………嗯，沒錯，大致瞭解。」

「那我們來試試。」

「沒、問題嗎……？」

「沒問題，之前已經試過很多次了。——來吧。」

我背對著她，調整呼吸。

我感覺到她猶豫了一下，然後慢慢靠近——進入了我的身體。

——。

雖然有微妙的不舒服感覺，但並不至於無法承受。我被壓到肉體這個容器的下半部分，川名的靈魂壓在我上面。

我可以直接感受到川名的不知所措。

——怎麼樣？可以活動嗎？

我問。川名戰戰兢兢地舉起右手。

「……嗯。」

她發出了聲音。

「不知道該不該說是很奇妙……我有一種懷念的感覺，皮膚可以感受碰到衣服、空氣和地毯的感覺，感覺很有份量。」

——那就開始吧。

「須玉，謝謝你……」

——別客氣。

「啊，我可以感受到你現在很害羞。」

川名露出笑容，打開了我買回來的信紙組合。

她把信紙放在桌上，拿起了自動鉛筆，然後用工整的字寫下了第一行。

『致我的閨蜜』

……又過了幾分鐘，她皺著眉頭，停下了筆。

——妳是不是該說明一下為什麼沒有當面對她說，而是採用寫信的方式？

「喔，對喔。」

川名聽了我的提議，又提筆寫了起來。

『因為我沒有自信可以說清楚內心的想法，所以用寫信的方式，請妳原諒。』

……川名的筆又停了下來。

「我很不擅長寫這些東西……」

她搶先說明。

「怎麼辦？我完全不知道要寫什麼，也不知道要怎麼寫……」

無奈之下，我只好和她一起思考。川名必須對寺橋說的話……

──妳為什麼拒絕那個男生的表白？

「啊啊，因為……」

──妳就寫下來啊。

「喔，對喔。」

川名想了一下，又寫了起來。

『由佳里，因為我希望成為妳的閨蜜。』

——什麼意思……？

川名用文字回答了我的問題。

『因為我曾經發誓，要把妳視為生命中最重要的人。雖然我很嚮往戀愛，但我擔心一旦交了男朋友，就會失去對妳的這份純潔的心意，而且我也討厭左右為難，我認為妳必須是我生命的第一位，所以那時候，我用無情的方式拒絕了對方，其實是為了告訴產生動搖的自己……』

我覺得自己比以前更瞭解這個姓川名的女生。

接著，川名不時停頓，不時用橡皮擦擦掉所寫的字，然後又把寫得太髒的信紙丟進垃圾桶，從頭開始重寫，在深夜中，用自動鉛筆向閨蜜訴說。

『但是，最近我終於發現自己錯了。這種想法太狹隘，即使沒有發生這次的齟齬，我們之間也早晚會出問題。

還有一件事……我已經發現了妳對那個男生的心意。（只要仔細回想，就很容易發現，當時為什麼沒有發現？而且女生不是應該對這種事很敏感嗎？）』

「我真的直到臨死前才發現這件事，在我滿腦子想著這件事時，就……」

川名沒有說到最後，繼續寫了下去。

『所以，我非常瞭解妳當時說很討厭我的心情。

妳的反應很正常，沒想到竟然為這種事後悔、自責。

我完全不在意別人怎麼想，但我一直認為稍微有點瞭解妳。』

窗外一片黑暗，只有結在窗戶上的露水是白色。

寒冬的深夜，就連寫字的聲音也摩擦著房間的牆壁。

『但是，一切都是我的錯。

是因為我錯誤的想法，我的遲鈍和我的笨拙造成的。

由佳里，妳完全沒有任何錯。

即使如此，心地善良的妳可能仍然會耿耿於懷。
不過，請妳不要道歉，
我希望妳可以再次叫我是妳的「朋友」，
只要這樣，我就可以感到幸福，其他的任何事都不再重要了。
如果妳看了這封信，
如果妳願意原諒我的過錯……
請妳來看我，像以前一樣叫我「水葡」，
我希望看到妳展露像漂亮晶瑩的花瓣般的笑容。

致我最愛的由佳里
我的閨蜜

水葡』

川名又在最後加了一行字——
「……完成了。」

她靜靜地放下了筆。

然後……她的靈魂悄然無聲地離開了我的身體。

我頓時感受到像鉛塊壓在身上般的疲勞，趴在桌子上。

天色漸漸亮了。

「須玉，你沒事吧？」

川名擔心地走過來。

「……嗯。」

我停頓了一下才回答，然後懶洋洋地轉頭看著她。

川名的臉就在我面前。

「……真的……很謝謝你……」

她端正臉龐上一雙細長的眼睛目不轉睛地看著我。

這樣正視她，我發現她真的很漂亮……我突然緊張起來。

她察覺到我的態度，也繃緊了臉上的表情。

在黎明時分蒼白的房間內。

我們相互凝視。

正在醞釀的獨特空氣——讓我無法承受。

「我要趕快趁今天把這封信交給她。」

我故意這麼說，然後站了起來。

川名尷尬地把頭轉到一旁，小聲地說：「好。」

我把信放進掛在牆上的外套口袋裡。

「呃，我肚子餓了，下樓去吃點東西。」

「嗯，嗯。」

我們兩個人說話時都很不自在，我走出了房間。

來到走廊上時，後方的門打開了。

「啊，哥哥。」

「柚……妳這麼晚還沒睡嗎？」

「嗯，我在準備考試。」

柚說話時眼皮好像很重。

「即使妳完全不必用功，也可以穩上我們學校。」

「但我還是想做好充分的準備。……因為我無論如何都要去讀那所學校。」

「妳真的很認真。」

「才沒有呢。」她露出微笑。

「哥哥，你要下樓嗎？」

「對，我想找點東西吃。」

「那我來做，我也剛好想喝咖啡。」

「不用了，不用了，妳不必這麼辛苦。」

「但是……」

「我只要在土司麵包上加點美乃滋就好。」

「真是的，明明有我在，我才不讓你吃那種東西。走吧。」

「那很好吃啊。」

我和柚一起走下樓，走進了飯廳。

柚穿圍裙時，我拿起遙控器，打開了電視。

『……目前發現了被認為是凶器的刀子。』

星期天的這個時間竟然有新聞報導，原來是連續隨機殺人案有了進展。

我仔細看著新聞，但除了發現凶器以外，並沒有其他進展。

「真希望可以趕快破案。」

柚在我身後說。

「是啊，」我也回答，「希望可以根據凶器查到凶手。」

「之前完全沒有任何線索，沒有任何監視器拍到影像，也沒有目擊證詞。」

電視上再度播出了四名被害人的照片，看到出現在螢幕上的川名，我有一種奇怪的感覺。

『第四名被害人梶原緒海的葬禮在今天十點舉行。』

「那些被害人應該看到了凶手的長相。」

柚小聲說道。

「是啊。」

很可惜，川名並沒有看到。

這時——

我猛然發現一件事。

我的身體前傾，凝視著電視螢幕。

「哥哥，你怎麼了？」

螢幕上有四名被害人的相片。

……沒錯，並不是只有川名而已。

總共有四名被害人——

5

「我知道啊。」

梶原緒海很乾脆地點了點頭。

發現屍體的產業道路上已經不見警察和媒體人員的身影，只有放在路旁的嶄新花束和點心類生動地顯示出這裡的特異。

除了川名以外，或許還有其他被害人變成幽魂，在這個世界徘徊——

因為我突然想到這件事，所以就和川名一起依次去了岩永宏美……水戶綾……等其他被害人的案發現場。

最後來到這裡。

「我剛才就去找了那傢伙。」

我們見到第四名被害人梶原緒海。

「凶手是誰！？」

川名逼問她。

「妳是川名水葡？妳真不上相。」

「這種事不重要！」

「太可怕了。」梶原聽到川名的催促，笑著回答說：「是一個叫佐佐木勇彌的打工族，住在隔壁青葉市，和家人住在一起，平時在車站前打工推銷，在那裡尋找目標，然後鎖定目標，很大程度上是計畫犯案。至於犯案的理由——就是變態。」

梶原一臉嫌惡的表情。

「我在死前看到他的臉，印象太深刻了，那根本是發情時的表情，真的超想吐……」

「妳說妳剛才去找凶手……？」

梶原聽了我的問題，露出陰沉的眼神說：

「因為我想殺了他。我無法原諒他，雖然我並沒有所謂夢想之類了不起的東西……但我的人生才剛開始。……怎麼會遇到這種事？我一定要咒死他。」

從她的聲音中，可以感受到令人不寒而慄的憎惡。

「但是，我做不到。他的守護靈太強了，我根本沒辦法出手。雖然我很努力糾纏他……為什麼會有守護靈保護那種人……？」

她垂下眼睛，很不甘心地輕聲說道。

終於找到了凶手——這是很大的進展。

「最後只好放棄，回來這裡嗎？」

川名問，梶原搖了搖頭。

「因為我不想看。」

「不想看什麼？」

「那傢伙今天又打算犯案，是下枝的……一個叫寺橋由佳里的女生。」

公車門一開，我立刻衝下車。

然後一路衝上有樹蔭的坡道。

寺橋說，今天要為川名掃墓。

這裡是我們唯一能夠想到的地方。

「快一點！」

跑在前面的川名催促著。

建在小山上的墓園延伸到山頂，有幾百塊墓碑。我在向上的坡道上一個勁地奔跑。

「呼、呼……」

累死了。

「快點！快點！！」

我越來越跑不動，川名焦急地回頭看著我。

我拚命移動兩條沉重的腿——終於來到了最上方。

「由佳里！！」

川名慌忙巡視周圍。

目前既不是中元節，也不是新年，墓園內沒有人影。即使在這裡發生命案，也不會有目擊者。只要看一眼，就知道附近沒有監視器。

我們拚命四處尋找。

「——！」

終於看到寺橋從蓄水塔後方走了出來。她剛才似乎去汲水。

她平安無事。

「……趕上了。」

川名嘀咕著，終於鬆了一口氣。

就在這時。

一個人影竄了出來。

寺橋背後出現一個拿著菜刀的男人。

「危險！！」

我不加思索地叫了起來。

寺橋愣了一下，然後四處尋找是誰在說話。

然後，她看到了身後的男人。

男人把菜刀舉到頭上。

寺橋愣在那裡，甚至無法發出驚叫聲。

我全速跑了過去。

但是，還是漸漸和跑在前面的川名拉開了距離。我心有餘而力不足，疲憊的雙腿肌肉不聽使喚。

凶手完全沒有注意到我們。

……完了。

來不及了——！

「由佳里——！！」

川名搶先趕到了，擋在寺橋面前。

但是，她是幽魂。

眼前的景象令人絕望。

就在這時，男人的雙腿突然搖晃了一下，倒在地上。

——咦？

太不合理了。在空無一物的地方，他倒下的方式很不尋常。

簡直就像有某種肉眼看不到的力量在發揮作用。

「寺橋！」

當我跑過去時，寺橋雙腿發軟，緊抓著我。

男人站了起來。

他默然不語地看了過來。

「……！」

我曾經見過這傢伙。就是在車站前糾纏我的推銷員。

我感受不到梶原提到的強大守護靈。不知道是因為守護靈太高階，所以我看不到，或是——

他的守護靈放棄他消失了。

男人的臉上沒有慌亂。就像擅自認定別人闖入他「陣地」的幼兒，滿臉因為憤怒而漲成紫紅色。

男人跑了過來。

他舉起菜刀，斜斜地砍了下來。

我的心臟縮了起來，身體向後一仰，躲過了他的菜刀。

但我重心不穩。

男人再度用菜刀揮向我。

我不顧一切地抓住了。

我整個人被他壓著向後倒。

男人騎在我身上，想用刀子砍我的脖子。

我用盡渾身的力氣推回去。我的手臂發抖，渾身的血都往臉上衝。

我急中生智，一腳踢向他的要害。

我趁男人退縮時，試圖搶走他手上的菜刀——但在扭打時菜刀飛了出去，掉在我拿不到的地方。

就在這時，他掐住了我的脖子。

他趁我分神時進攻。

「……呃！……嗚！」

我拚命掙扎。

整張臉都有一種壓迫感，眼珠子好像快被擠出來了。他越來越用力。

他的臉很陰沉。

雖然我想再度踢向他的要害，但雙腿無法動彈。然後……

當我的意識——當我即將失去意識時，川名附身在我身上。

男人似乎以為我昏過去了，起身撿起地上的菜刀。

然後慢慢走向嚇得魂不附體的寺橋。

附身在我身上的川名站了起來，悄悄跟在男人的身後。

然後把男人握著菜刀那隻手的關節一扭。

「——啊！？」

男人鬆開了菜刀。

接著，他的身體一下子被轉了過來。

然後被重重地打在地上。

男人可能處於興奮狀態，完全沒有感到害怕，再度撿起菜刀試圖砍向川名。

川名抓住他的手腕，扭了一百八十度。

「嗚啊啊啊啊啊啊啊啊啊啊！！」

他大聲喊叫著，川名又朝著他的肚子重重地擊出正拳。

男人失去了意識。

川名吐了一口氣，轉頭問：

「由佳里，妳沒事吧？」

「！……啊……沒事。」

寺橋回過神，納悶地眨著眼睛。

「咦？你怎麼知道、我的名字……？」

「啊……」

川名終於回過神。沒錯，外表是我的樣子。

「…………」

川名畢竟是川名，一時想不到掩飾的話，陷入了沉默。

「……喔，我知道了，一定是昨天見面的時候，我告訴你的，對不對？」

寺橋自我解釋道。

「啊，啊啊，對，那時候聽妳提過……寺橋由佳里。」

「我就知道。」

川名站了起來，然後很自然地向寺橋伸出手，好像這是理所當然的行為。

「妳沒有受傷吧？」

「沒有。」

寺橋似乎也覺得這樣的行為很理所當然，很自然地握住了她的手。

她們就像騎士和公主，讓人不禁想像她們以前曾經有過類似的景象，比方說在寺橋快要跌倒時，川名立刻伸手扶住她。

「是嗎？」川名露出微笑，「沒事就太好了。」

後方的山林中，有幾隻鳥在啼叫。

6

「可不可以等我一下？」

把凶手交給警察後，當警察問寺橋：「是否可以請妳和我們一起去警局做筆錄？」時，寺橋向警察提出了這個要求。

警察得知寺橋是川名水葡的朋友時很驚訝，可能聽到她來掃墓猜到了什麼，所以同意了她的要求。

寺橋拎著重新汲了水的水桶，走在狹窄的通道上，然後停了下來。

墳前已經放著供花、蠟燭、線香和扁平的小盒子。

墓碑上寫著『川名家』。

她簡短地合掌後，擰乾了布，擦拭墓碑。

她清除了枯萎的花，收拾了燒完的線香和蠟燭，也把碎石子路上的落葉撿了起來。

「……有一種奇妙的感覺。」

被掃墓的當事人在我身旁苦笑著。

擦乾淨的墓碑看起來很亮。今天的太陽很溫暖。

接著，寺橋供上兩束對高中生來說有點昂貴的花束，點了蠟燭，把一束點燃的線香平放在墳墓上。

然後，她打開了小盒子。

「我原本想買蛋糕。」寺橋對著墓碑露出了笑容，「我做了巧克力。水葡，妳去年不是送我巧克力嗎？所以，雖然晚了兩天……但這次換我送妳。」

「由佳里……」

川名露出迷濛的表情。

寺橋閉上了眼睛，合起雙手。

「啊……」

川名瞪大了眼睛。

「我可以聽到……由佳里在心裡說的話。」

川名站在默禱的寺橋身後，一動也不動地傾聽她說的話……

川名漸漸露出難過的表情。

「由佳里，不是這樣，妳完全沒必要這麼想……」

她蹲在寺橋身旁，用她聽不到的聲音說。

我難過地皺著眉頭，等待寺橋默禱結束。

然後確認了放在口袋裡的東西。

寺橋靜靜睜開眼睛。

「這個……」

寺橋仰起頭，看著身後的我，我把從口袋裡拿出來的東西交給她。

「我們找到了川名的信。」

「啊……」

寺橋瞪大了眼睛，好像被一根線拉住似地站了起來。

她看到信封上寫的『由佳里親啟』這幾個字，立刻露出「是水葡」的表情。

她戰戰兢兢地伸出手，接過了信。她臉上的表情很著急，但手指顫抖，緩緩地抽出信紙、打開了。

她的眼眸順著文字由右向左，由上而下移動。眼眶漸漸濕潤，眼眸顫動，眼睛用力閉了起來……

淚水滑了下來。

她憋著氣的嗚咽融化在冬日的清澈空氣中，融化在這片和煦的陽光中，融化在鳥啼聲中。

她用手帕按著眼睛很長時間後問我：

「……為什麼有這個？」

對於她的問題，我準備了「親戚」這個答案。

「因為昨天太驚訝，所以沒有說出口，其實我是川名的——」

「男朋友。」

川名在我耳邊小聲說道。

你可以……這麼對她說嗎？

在她像苦笑般瞇起的眼睛後方，隱藏著她真摯的心願。

所以。

「……我是她男朋友。」

我說。

「啊……？」

「只是我們才剛認識不久……」

「是喔……」寺橋似乎接受了我的解釋，小聲嘀咕後，看著手上的信紙。

「水葡在信上說『現在有了不同的想法』，原來是認識你之後改變了想法。…………太好了。」

寺橋再度用手帕擦著眼角，用顫抖的聲音，但很開心地說：

「水葡的夢想實現了……」

太好了，太好了……她連續說了好幾次。

「……我們一起去看了電影，」我告訴她，「去電影院的途中，走在路上，川名看到了櫥窗，那裡佈置成一片春天的景象，櫻花開了。我說太性急了，川名說，但感覺很棒，有一種新鮮感。我回答說，那倒是……。結果川名就笑了。」

寺橋拚命點頭。

我說了——我看著川名，在心裡對她這麼說。

川名滿臉喜悅的笑容，但她的身影已經漸漸透明。

我又補充說：

「……我覺得她很漂亮，能夠交到這樣的女朋友，我真是太幸運了……」

寺橋聽我說完後，又看了一次手上的信，然後小心翼翼地收了起來，跪在墓碑前。

「水葡，」她叫這個名字時，就像在學校遇到時打招呼一樣輕鬆，「水葡，水葡，我會一次一次這麼叫妳。我是妳的朋友。水葡……，然後，我只要笑就好了，對嗎？這樣可以嗎？這樣的表情可以嗎……？」

雖然她的睫毛濕了，但仍然露出了堅定的美麗笑容。

好像在說，為了水葡，我可以做任何事。

站在旁邊的川名沒有說話，只是露出親情的眼神看著閨蜜。

她漸漸融化在好像在輕撫皮膚的溫柔陽光中，露出好像完成了一切的舒暢表情，最後看了我一眼——。

再見。

她消失了。

川名在信末加了這麼一行字：

『由佳里，我一定會保護妳。』

川名完成了她的諾言。

……不。

我用手指擦著眼皮，轉念又想道。

不久以後，她也許會一直保護她的閨蜜……

走上風的階梯

1

春風吹拂。

幸福地飄上迷濛的藍色天空。

涼爽舒暢而又溫暖的春風，輕輕搔著皮膚，帶來了空氣，但帶來更多睡意。

「嗚啊……」

所以我忍不住打了一個呵欠。

運動場周圍沒有高大的建築物，視野良好。有一道斜坡，看起來像是河堤旁的堤防，在紅磚色跑道上奔跑的選手看起來好像也很悠閒。陽光下，一隻不知名的小鳥在有很多空位的觀眾席上跳來跳去。

「……啊嗚。」

呵欠打得眼淚都快流出來了。

「真舒服啊。」

坐在身旁的妹妹柚面帶微笑，看著一臉睡意的我。春天的陽光照在她一頭淺棕色的中長髮上，眼鏡後方是一雙可愛又充滿知性的眼睛。

「哥哥，是不是要吃便當了？」

「嗯？喔，好啊。」

柚聽到我的回答，一臉喜孜孜地從托特包裡拿出便當盒。

雖然好像在野餐，但如果是野餐，就不會選在春季田徑賽的會場。

之所以來到田徑賽，而且帶著柚一起來，當然有原因。

「喔，男生三級跳遠快開始了。」

我故意提醒柚。

不一會兒，三級跳遠的選手紛紛出現在看台下方，走向比賽場地。

其中一個人轉過身，仰頭看著我。

「喔，柚，妳看，那個人就是井倉。」

我指著我的同學告訴她。

井倉顏值超過平均水準的臉上露出興奮的笑容。如果問其他同學，井倉是怎樣的人，大家應該會回答：「嗯，他人不錯啦。」但這個因為猶豫發出的「嗯」字，正是他個性的最好寫照。

柚聽了我的話，抬頭看了過去，井倉舉手向我們打招呼。雖然他的動作看起來很浮誇，但不至於太奇怪。

『你一定要帶你妹來看星期天的比賽！拜託了！！』

星期三的時候，井倉在漢堡店請我吃漢堡，然後一個勁地拜託我。

他稱這次的行動為『在賽場上發光的學長好迷人作戰』，也就是希望柚看到他挑戰競技的身影，然後他打算對柚展開追求。

柚進入我就讀的這所高中後，經常有人拜託我「我想認識你妹，請你為我介紹一下」，我感覺自己在不知不覺中多了很多朋友。

以妹妹在中學時A等級的成績，完全可以輕鬆考進知名的升學高中，但不知道為什麼，她竟然只報考了和我同一所高中。

結果，她考出了所有學科都超過九十五分（她自我估計有兩科滿分）的驚人成績，最後在入學典禮上代表新生致詞，一戰成名，成為我們學校才色兼備的偶像新生。

「哥哥，給你。」

「謝謝，那我就先開動了。」

我拿起放在野餐籃裡的飯糰。

我每天的便當都是由柚負責幫我做，雖然我的同學都以為是我媽做的便當，但我覺得說實話很可怕，所以並沒有向他們澄清誤會。我媽幾年前就離家出走了，目前家事幾乎由柚一手包辦。

「嗯，好吃。」

柚聽到我這麼說，開心地笑了起來。我看著她，覺得她真的是正妹，也是我引以為傲的妹妹。

三級跳遠的選手在著地區前方的直線助跑。

噠。

單足跳起。

噠、噹——。

咚。雙腳併攏在沙坑著地。身體向前衝，失去了平衡。

雖然在電視上看三級跳遠覺得很不起眼，但釘鞋踢跑道的聲音，和實際跳躍的長距離，讓人感受到現場的震撼力。我覺得很新鮮。

「跳得真遠，柚，是不是很厲害？」

「嗯。」

「喔，快輪到井倉了。」

我開始扮演井倉拜託我的角色。

在柚入學之前，井倉就是我的朋友，所以我答應協助他。

「我告訴妳，他其實很厲害，如果沒有失誤，可以穩進前三名——」

「哥哥，你還要不要喝茶？」

「嗯，喔喔……拜託了。我說……」

「哥哥，最近一直沒機會和你一起出門，現在感覺像在野餐。」

柚心情愉快地說。

雖然我努力讓柚對井倉產生興趣，但她的反應很平淡。

「柚，妳看，井倉那傢伙好像有點緊張，我第一次看到他露出這麼嚴肅的表情。」

「是喔。——啊，哥哥，灑了啦。你不要動，我來幫你擦。」

「…………」

她徹底沒有興趣。

井倉……情勢很不妙喔。

砰——

槍聲響起。

拿著接力棒的女生在跑道上飛快地跑了起來。我看了運動會的節目表，原來是四百公尺接力賽。

接力棒交到了第二棒選手的手上。這時，第一名和第二名之間已經拉開了很長的距離。

不知道是不是瑪莉安娜女子高中的學生。我暗自想道。那所學校是教會學校，在運動方面很厲害。

「瑪莉女高的接力賽，不知道今年會不會進入全國比賽。」

「只要一橋陽菜沒有在交接棒時出差錯，應該很穩。」

我聽到有人在討論。果然猜對了。

瑪莉安娜女高的第二棒選手把接力棒交給了第三棒選手，兩個人默契十足，即使我這個外行，也知道她們交接棒很出色。

第三棒選手衝了出去。

「…………」

這時，我看到了。

一個幽魂站在第四棒選手的起跑線上。

幽魂一頭齊臉頰的頭髮，左右兩側都用髮夾夾了起來。她穿著瑪莉安娜女高的制服，做好隨時出發的準備。

但是，當真正的第四棒選手紛紛站在起跑線上時，她嘆了一口氣，低頭退到跑道內側。

我可以看見幽魂。

瑪莉安娜女高的第三棒選手遙遙領先地衝了過來。

第四棒選手有一張娃娃臉，單手伸向身後跑了起來。

第三棒選手想把接力棒交給她……但遲遲無法縮短距離。

無法縮短距離。

無法縮短距離。

結果，第四棒選手超越了規定的線。

「啊……」

瑪莉安娜女高喪失了比賽資格。

兩名選手都停了下來，其他隊的第四棒選手紛紛跑過她們身旁。

「她們原本是第一名……」

柚在一旁說道。

「對啊……」

我在回答時，一直看著剛才的幽魂。她走到那兩個人的身旁，拍了拍她們的肩膀，好像在安慰她們：「不要難過。」

2

「妳好，我是井倉，請多指教。」
井倉露出微笑，向柚打招呼。
「你好，我是須玉柚。」
柚有點不知所措，但還是笑著向他打招呼。
跑道上仍然在進行其他比賽，我們在休息站前的空地面對面坐著。
「呃，如果叫妳須玉，會和妳哥哥混淆，我可以叫妳小柚嗎？」
「喔……好。」
「小柚，妳真的超可愛。」
井倉立刻展開了進攻，好像覺得這才是他正式的比賽。
「不好意思，雖然我盡了力，但沒有跳出好成績。」
「不會啊，亞軍很厲害。」
「謝謝，但還需要努力……」井倉突然露出嚴肅的表情說：「下一次我一定會得冠軍，所以……如果妳能來看我比賽，我會很高興。」

他目不轉睛地看著柚。

井倉無論說什麼、做什麼，都像是在搞笑。我再次確認了他的缺點，然後在一旁靜觀，避免影響他們。

井倉聊了很多話題，柚逐一回應，兩個人雖然有一搭，沒一搭，但勉強算是在對話。

那我去買果汁吧。

「哥哥，你去哪裡？」

我一起身，柚立刻眼尖地問我。

「我去買果汁。你們想喝什麼？」

「喔？那我要喝胺基酸飲料或是運動飲料。」

「我也一起去。」

「柚，不用了，妳要喝茶吧？」

我一說完，立刻轉身離開。井倉露出「太夠意思了」的眼神目送我離開。

我經過櫃檯，走進了休息站內。

我可以感受到井倉的真心，而且他人不錯，所以身為他的朋友，也願意盡力幫忙。而且，我覺得柚交男朋友也不錯。柚可以……

「一橋！妳剛才說什麼！」

角落傳來大聲喝斥的聲音。

因為我也剛好要去那個方向，所以就走過去看了一下。

站在那裡的是剛才喪失比賽資格的瑪莉安娜女高接力隊。

三個人對著一個人。

第四棒的女生孤單面對其他三個人。雖然她有一張娃娃臉，但雙眼露出反抗的眼神。

「我剛才說，不是因為我，而是因為新家學姊才會喪失比賽資格。」

那個叫陽菜的第四棒選手說。

「妳腦袋破洞了嗎！怎麼可能是直美的錯？」

從剛才就大聲罵人的女生應該是第一棒的選手。她一頭短髮，看起來好像男生。

「誰看了都知道是妳的失誤！而且是難以想像的失誤！喂，一橋，妳有沒有在聽我們說話！？」

第四棒的女生故意把頭轉到一旁，不聽她們說話。

「妳——」

「君花，別這樣。」

一旁的第三棒選手制止了她。第三棒選手有一頭漂亮的長髮，看起來很成熟。

「但是直美，這傢伙……」

「不管對她說什麼都無濟於事，算了，這也沒辦法。」她用冷漠的聲音說道，心灰意冷地催促著。

那個叫君花的女生用力跺著地板，悵然地嘆了一口氣。

「所以……就這麼決定了？」

那個叫直美的女生點了點頭。

「……沙織呢？」

她轉頭看向始終沒有吭氣的第二棒選手。

「…………」

第二棒選手看起來很文靜，有一種很適合舊文庫本書籍的氣質，她小聲地說：

「……既然妳們這麼決定了，那也沒辦法。」

那個叫君花的女生聽了，再度嘆了一口氣，轉頭看向第四棒的學妹說：

「一橋。」

「幹嘛？」

「我們不再跑接力賽了。」

聽到這句話，驚訝的不是那個第四棒的女生——

而是一臉擔心地看著事態發展的幽魂。

從她的兩道濃眉中，可以感受到她堅強的意志和善良。她的五官很溫和，看起來很有責任心。

她脖子上戴了一條布製的項鍊，不知道是不是運動商品。仔細一看，除了第四棒那個女生以外，其他三個接力隊的成員也都戴著同樣的項鍊。

「因為我們沒有心情繼續跑接力賽……也沒有理由繼續跑下去。」

那個叫君花的女生一臉沉痛的表情說。其他兩個人的心情似乎也一樣。

相反地，第四棒的女生一臉淡然地說：

「好啊。」

另外三個人聽了她的回答後準備離開。

「這樣的話，我也可以專心投入個人的比賽項目，反而更好。學姊，請妳們去跟教練說。」

直美轉過頭說：

「真希望不是實栗，而是妳去死！！」

她怒目圓睜地大叫，難以想像她前一刻的表情那麼冷漠。

然後，她轉身快步離開了。

第四棒的女生走向相反的方向，連眉頭都沒有皺一下。

空無一人的角落，只有那個幽魂站在那裡，肩膀散發出哀傷的感覺。

她應該就是「實栗」吧。

正當我這麼想的時候，她發現了我。

她似乎也察覺到我可以看到她。

我忍不住緊張起來，但她只是露出比微笑更淡的表情，什麼都沒說就離開了。

我買了寶特瓶的飲料，走去找柚和井倉。

3

進入四月之後，到了六點，天色仍然很亮。

我沿著來路往回走，謊稱有東西遺忘在賽場看台上，讓柚和井倉繼續單獨相處。

『我想搞定！』

井倉在家庭餐廳的化妝室內拚命拜託我。

他所謂的搞定，就是希望和柚漸入佳境，然後成功約會。雖然我覺得他好像有點太貪心，但他很直接。

不知道結果如何。

無論如何，柚今天不必做晚餐，減輕了她的負擔，應該算是好事一樁。我看以後乾脆也不時在外面吃完飯再回家。

我想著這些事，來到了斜坡旁。

因為我根本沒有遺忘任何東西，所以原本並不需要回來這裡。

但心裡惦記著一件事……所以就忍不住過來看看。

我站在斜坡上往下看，那裡是低矮的欄杆圍起的輔助跑道。

淡淡的夕陽照在空無一人的跑道上——

那個幽魂在跑步。

半透明的她一個勁地在四百公尺的橢圓形跑道上無聲地奔跑。

我覺得好像在看老電影，沿著斜坡往下走，來到入口的位置。

她繞過彎道，進入直線跑道。

這時，她偏離了跑道，慢慢跑向我的方向。

她在欄杆內停了下來。

「欸，」她自然的態度好像在和朋友說話，「可以請你幫我測一百公尺的速度嗎？」

她這麼拜託道。

我正在猶豫該怎麼回答，她又說：

「你不是可以看到我嗎？因為我沒有馬錶，所以一直沒辦法測，很傷腦筋。」

「但是……」

「拜託了，這裡的欄杆很容易跨過來。來，快一點。」

雖然她說話的語氣很平靜，卻有一種指使別人，不容別人拒絕的力量。

我爬上欄杆，進入了跑道。

「謝謝，你跟我來。」

她轉身走在前面。

「你站在這裡。」

那是跑道旁內側的位置。

「我在對面向你示意之後，你就舉起手，把手放下時就開始計時。你的手錶有馬錶功能吧？那就拜託了。」

她俐落地發出指示，然後跑去對面。

她在起跑線前停了下來，做出蹲踞式起跑的姿勢。

我和她腳下的八條跑道上都分別有一個綠色三角形的標誌，從我這裡到她那裡的距離應該剛好一百公尺。

她為什麼要這麼做……？

正當我這麼想的時候，她向我示意。

無奈之下，我只好在手錶上設定好馬錶功能，然後舉起右手。

接著，向下一揮。

她衝了出去。

她從原本的蹲踞姿勢慢慢直起上半身，挺直的身體像一條線一樣筆直，兩隻腳跑得飛快。

我驚訝不已。

她跑起來的樣子和業餘愛好者完全不同，短跑運動員的英文是sprinter，感覺她的身體裡好像真的有一根彈簧，有力地不停伸縮。

她漸漸向我逼近。

這時，我看到了。

在她衝過終點線的瞬間——她的臉上綻放出耀眼的喜悅表情。

「多少時間？」

聽到她發問，我才發現自己看著她出了神。

「喔喔……十二秒四七。」

「嗯，馬馬虎虎。」

她點了點頭，然後對我說了聲謝謝。

「你為什麼一直盯著看？」

「啊？」

「你剛才一直看我的臉。」

「……因為、我覺得妳跑步時看起來很開心。」

她聽了我的回答，坦誠地說：

「因為我喜歡跑步。」

說完，她露出了笑容。

「我叫野田實栗。」

她自我介紹說。

「正如你所知，我是瑪莉女高接力隊的成員，生前擔任隊長。」

「我叫須玉明。」

「請多指教。」

「嗯。」

「對幽魂說『請多指教』是不是很奇怪？」

野田微微偏著頭苦笑起來。

「我從中學時開始練田徑。」

野田開始聊她的情況。

傍晚時分，褪色的藍色天空漸漸暗了下來。

「我以前打籃球，從讀小學時開始，上了中學後，原本也在打籃球。我是正式隊員，很希望以後可以當職業籃球選手。」

「那為什麼跑去練田徑？」

「我讀的中學有一個奇怪的制度叫做『特設田徑』，在運動會之前，強制規定運動隊內運動成績好的人都要加入田徑隊，所以我也被迫加入……因為這個原因，一開始我很討厭練習田徑，很想趕快回籃球隊。那時候……」

野田說到這裡，突然停了下來。

「啊，對不起，你對這些事沒興趣吧？」

「不……沒關係。」

她的嘴角露出了笑容，好像在說對不起。

「那時候，我遇到了直美和其他人。」

我聽她說著自己生前的事，就好像之前那個女孩一樣。

「直美、君花和沙織，我們都來自不同的運動社團，她們和我一樣，內心都很不滿，我們常常聚在一起抱怨，然後發現很合得來，就這樣變成了好朋友。有人說：『我們剛好四個人，要不要跑接力賽？』於是，我們就開始練習接力賽……」

練了之後，發現很開心。

「跑接力賽時、聲援其他成員的瞬間，和自己參賽的瞬間即時穿插，連成一體，是很獨特的濃密時間，充滿緊張和興奮，完全無法想其他的事。

「最出色的就是接力棒，從上一棒選手的手中接過來，再交給下一棒的感覺超讚。每次練習，就會更深刻體會到，我們是一體，大家都同心協力做好同一件事……嗯，雖然這麼說有點害羞……但我們的心都凝聚在接力棒上，在相互傳遞過程中，慢慢分享，漸漸團結在一起。」

聽她這麼說，可以感受到她真心喜歡，讓我也有點想試試接力賽。

「所以，在參加比賽時，我們都變成了好朋友。我們靠接力棒連結在一起，然後在比賽中獲得了冠軍，我們紛紛說著『啊，太開心了』、『下次再跑接力賽』……。之後，我就退出籃球隊，加入了田徑隊。其他人也一樣。」

野田閉上眼睛，露出了微笑。

「我至今仍然清楚記得，那一天，穿上借來的釘鞋，在全天候跑道上試跑的時候。噠噠噠，跑起來的感覺很輕盈，好像有人在背後推我，很好玩，感覺好像可以衝上天空……真的會讓人有這種感覺。」

好舒服的感覺。

野田似乎沉浸在當時的餘韻中，然後突然踩在跑道上——

「噠、噠、噠。」

她彈跳著跑了三步，雙手像翅膀一樣張開。

嗡。她的嘴裡發出輕微的聲音。

就像聽到好聽的歌，會忍不住跟著哼唱一樣，野田情不自禁地動了起來。

「聽妳這麼說了之後，連我也想跑接力賽了。」

「謝謝你。」

野田笑了起來。

但是，她伸出的雙手好像折斷般掉了下來。

「……但是，我突然就莫名其妙地死了。」

她垂下眼睛。

「死了之後，才知道自己得了急性白血病……其他人也都散了……」

她的聲音很痛苦。

「……我希望可以挽回。」

她小聲地說。

「我想和大家談一談……」

她懇切地說。

我注視著她，思考自己該說什麼，她一臉輕鬆的表情轉頭看著我說：

「天黑了。」

太陽不知道什麼時候下山了。

手機在口袋裡震動。

4

春天很棒。

天氣溫暖，上學很輕鬆。

走在路上，會忍不住想，不知道那棵櫻花樹什麼時候會盛開，而且走路去上學真舒服。

……照理說，應該是這樣。

「…………」

但此刻的我因為緊張而不敢呼吸。

柚在生氣。

雖然今天早上的便當盒像平時一樣放在桌子上，但裡面裝的是『日本國旗』就是徵兆。

「…………」

柚走在我身旁，比平時稍微拉開了距離。她既沒有不爽，也沒有板起臉，只是一臉為難地悶不吭氣。

她真的在生氣。

那是很想發飆，卻有所顧慮的表情。

難得遇到這種狀況，讓我有點手足無措，不敢隨便找她說話。

仔細思考後，只想到一個原因——

「昨天，」

這是柚今天第一次開口。

「……我拒絕了井倉學長的邀約。」

我果然猜對了。

不知道是井倉招供，還是柚察覺到了，總之，她知道我在為井倉抬轎。

「對不起。」

我坦誠地向她道歉。

「我沒想到妳會這麼生氣，沒想到妳這麼討厭這種事。……對不起，我以前都不知道。」

「……哥哥，你希望我和井倉學長交往嗎？」

她幽幽地問。

「不，那倒不是，但……」

「但？」

「只是覺得如果妳有喜歡的對象，希望妳可以交男朋友。」

「為什麼？」

柚的聲音有微妙的變化，雖然我很想知道她臉上露出了怎樣的表情，但我沒有勇氣轉頭看她。

「因為我希望妳有更多時間做自己的事。」

「喔……」

「妳不需要花這麼多時間照顧我、爸爸還有家裡的事，我也會盡力幫忙，吃飯也可以更簡單一些。妳已經讀高中了，所以，那個、我希望妳可以更加享受高中生活。高中的生活只有一次，妳和我不一樣，妳有很多發展空間。」

「……因為我喜歡啊。」

說完，我「呵呵」苦笑了兩聲。

「啊？」

我轉過頭，發現柚靦腆地低下了頭。

「我喜歡做那些事，你不必放在心上。」

「真的是這樣嗎？」

「嗯。」

她點了點頭。

新綠色的嫩葉從兩旁住家的樹籬探出頭。

「如果……」

「嗯？」

「如果我有了喜歡的人，你會聲援我，希望我和那個人的感情順利嗎？」

「會啊，只要是我力所能及的事，我會盡力而為。」

「是喔。」

柚露出很適合春天早晨的笑容。

「那就好。」

她似乎原諒我了。我暗自鬆了一口氣。

氣氛有點不自在，我開始尋找話題。

「對了，我只是假設……」

「嗯。」

「假設有一個幽魂。」

「嗯？」

「幽魂的好朋友吵架後彼此不和，幽魂很想要調解，妳覺得怎麼做比較好？」

我一直在思考是否有辦法協助野田。

雖然我知道自己太多管閒事，但既然聽了她的故事，就覺得不能袖手旁觀。

因為我曾經看過得到救贖的幽魂，和活著的人感受到的喜悅。

柚把手指放在嘴唇上沉思起來。即使我提出這麼奇怪的問題，柚也很認真地思考。

「……幽魂應該很難直接和朋友聊天，或是托夢給朋友吧。我猜想應該有很多幽魂有話想要告訴活著的人，但並沒有經常聽到這種事。」

「是啊。」

「如果是我，可能會找通靈者仲介，請通靈者告訴朋友，『他就在這裡，對你們說這些話。』」

「但是，那些朋友會相信嗎？」

「相信啊。」柚斬釘截鐵地說：「雖然可能必須說一些只有當事人才知道的事來證明一下，但如果是朋友，當然會很想再次見到那個死去的人，或是再次聊天，不是嗎？所以一定會相信，因為那些朋友願意相信。」

是喔。我心想道。

「是啊，一定是這樣。」

「哥哥，如果你死了，不管任何人對我說什麼，我都會相信。」

「喂，喂！」

我只能苦笑。

柚也噗哧一聲笑了起來，開玩笑說：

「如果有人叫我買貴得離譜的花瓶，我應該也會買。」

5

野田今天也在運動場上奔跑。

她看到我之後，說了聲「等我一下」，然後繼續慢跑。她一下子衝刺，一下子又繼續慢跑，連續重複這樣的過程。

如果她不是幽魂，眼前的景象會讓人覺得她是一個對田徑充滿熱情的女生。

十分鐘後，野田終於練習完畢。

「謝謝。」

我去自動販賣機買了寶特瓶飲料，走回獨自坐在空無一人看台上的野田身旁。她請我為她買運動飲料。

因為之前也有類似的經驗，所以我並不覺得奇怪。她們很希望別人對待她們能像她們活著的時候一樣。

我在她身旁坐了下來，打開寶特瓶的蓋子，正打算放在她旁邊——

「啊，等一下，你先拿著不要動。」

「啊？」

「把它轉過來。」

我搞不懂是怎麼回事，把打開的寶特瓶微微傾斜。

野田把鼻子湊到瓶口前。

她閉上眼睛，好像在嗅聞味道。

「……？」

進攻！進攻！

罰球！罰球！

足球隊正在草皮球場上練習比賽，吆喝聲、裁判的笛子聲和踢球的聲音在傍晚的比賽場上迴響。

「嗯。」

野田帶著六成的滿足抬起頭。

「我在聞味道。」

她向我說明。

「味道……？」

「即使死了之後，也可以聞到一些味道。」

…………

我想起之前曾經遇到一個幽魂女生，我為她買了檸檬紅茶，但她說「我想要你的熱可可」。

「肚子餓的時候，只要聞到味道就飽了。」

「肚子、會餓……？」

她露出「你是不是沒想到？」的眼神。

「所以，線香和供品就是為了這個目的而存在。而且還會覺得想睡覺，我也搞不懂為什麼，可能是身體還記得以前的感覺？」

我之前完全不知道。

「不過……最近這種感覺越來越淡了。」

她落寞地嘆了一口氣。

我說不出話，她無意識地摸了摸項鍊。

「於是就會深刻體會到，自己變成了幽魂。」

那是一條布製的項鍊，前端用繩子綁著護身符。

我想起接力隊的其他成員也戴著相同的項鍊。

「這個？」

野田察覺了我的視線。

「這是運動用品店賣的項鍊，裡面含有鈦纖維，有助於消除肩膀痠痛。這個是護身符。你看！」

她拿起項鍊給我看。

「前年的新人比賽前，接力隊的所有成員買了相同的項鍊，然後把護身符縫在上面，是交通安全的護身符。」

「交通安全……」

從某種意義上來說，的確算是交通……

「只是為了好看而已，」野田笑著說，「別人可能覺得這樣一串掛在脖子上很礙事，不是反而會分心嗎？但感受到項鍊的存在，其實會很安心。這不是為了迷信，而是和其他成員之間的感情維繫。」

野田露出渙散的眼神注視著護身符。

回來！

散開！

守門員踢的球飛出了界外。

「好，休息結束。」

野田猛然站了起來。

「……妳還要跑嗎？」

「當然啊，既然你來了，那就請你幫我測一下成績。」

「妳真的很愛跑步。」

我苦笑著站了起來。

為什麼死了還要這麼拚命練習？我不禁產生了疑問，但我相信她會輕描淡寫地回答：「因為喜歡啊。」

沿著階梯走去運動場時——野田突然停下腳步。

我也看到了。

一個身穿運動服的女生走進運動場。

「陽菜……」

野田小聲叫著。

她是瑪莉女高的第四棒一橋。

一橋在跑道旁做伸展操，當她轉動上半身時，和我四目相接。

……啊？

她仍然看著我，但看的時間有點長，不像是轉身時剛好看到。

正當我這麼想的時候——一橋把身體轉了回去。

做完暖身運動後，她開始像野田一樣在跑道上慢跑。

「今天是社團活動的時間。」

野田擔心地說。

「她是不是覺得在社團很不自在，所以才會來這裡……」

「是啊。」

野田露出沉重的苦笑。

「陽菜很有實力，但向來有話直說……和大家之間的協調有點問題。她在去年的第二學期從其他學校轉學過來，這似乎也成為原因……」

柴崎退後！

快上啊！

足球隊仍然在球場上練習，一橋默默跑在球場周圍的跑道上。當她來到我們面前的直線跑道時，可以聽到鞋子踩在地面的聲音。

「但我覺得她應該很善良，個性很純真，只是無法坦率地表達而已。」

野田很有隊長風範的表情充滿確信。

「……為什麼？」

「因為我知道啊。」她簡單地回答，「我經常一個人在這裡練習，在陽菜加入差不多一個月左右，我也像平時一樣來到運動場……看到陽菜像現在一樣跑步。看到我的時候一臉驚訝的表情，害羞的表情超可愛。」

野田呵呵笑了起來。

「雖然她板著臉，什麼也沒說，只不過我知道她真的很愛跑步，就覺得很高興。即使向她打招呼，她也不理人，因為覺得她很可愛，所以也很欣慰。之後，在假日的時候經常在這裡遇到她，雖然各跑各的，但我們在一起跑步。於是……我就送了護身符給她，我對她說：『陽菜，妳是我們隊的重要成員，我們一起努力。』」

我定睛看著一橋的脖子，但她的脖子空空的。

她一個人繼續練習跑步，漂亮的姿勢更襯托了她的孤獨。

「……所以，那時候我也完全接受。」

野田好像自言自語般地說著。

「陽菜對教練說：『應該把隊長換下來，由我加入接力賽的成員』的時候……我也完全接受。我在四個人中跑得最慢，陽菜的速度比我快很多，因為我們的成績只差一點就能夠進入全國比賽，所以陽菜說的話完全正確。為了接力隊，為了我們的團隊……當時，我笑著把接力棒交給了她。」

這會不會有點過分？

我看著在運動場上奔跑的一橋想道。即使她的成績比較優秀，野田善待她，她竟然恩將仇報……

「請你不要覺得她不好。」

野田似乎察覺了我的想法。

「正因為她喜歡田徑，所以無法妥協，這是正確的行為，但是……」她又繼續說了下去，「我該對大家這麼說，現在卻死了，接力隊也面臨解散的危機。直美、君花和沙織打算放棄接力賽。我很希望她們可以進入全國比賽，連同我的份一起奔跑……」

野田注視著一橋，遠遠地、痛苦地注視著她奔跑的身影。

「……我惦記著這件事，所以還在這裡。」

「那妳和其他成員好好談一談，」我對她說：「由我來告訴她們，無論如何，都會讓她們相信妳還在這裡，然後請她們重新考慮解散的事。」

野田露出驚愕的表情，但隨即靜靜地閉上眼睛。

「……不瞞你說，」

「什麼？」

「運動會那一天，第一次看到你的時候，我就覺得你應該願意幫忙，所以當你之後又走回來，我在跑道上練習跑步時，就絞盡腦汁思考，要怎麼向你搭訕。」

我苦笑起來。

「結果就叫我幫妳測量成績嗎？」

野田害羞起來。

「說出口之後，我就覺得不可能成功，因為太強人所難了。」

她直視著我說：

「須玉，謝謝你。」

我也跟著害羞起來。

6

我來到瑪莉女高的大門前。

這所看起來很有氣質，也很有教會學校味道的校門口掛著『聖瑪莉安娜女子高中』的牌子。

這所學校中學部是合唱和吹奏樂社團的天下，但高中部的運動社團很厲害。雖然是中學部直升高中部的一貫學校，但似乎不怎麼一貫。這所學校文化祭的門票每次都讓男生搶破頭。

放學後，我來到瑪莉女高，打算和接力隊的成員接觸。

「……不知道會不會有問題。」

我小聲嘀咕著。因為這種性質的學校，看到非本校生的男生出入應該會很嚴格。

「只要你落落大方，就不會有問題。」

身旁的野田對我說。

「但如果被老師發現就很危險，所以這一點要小心。」

「我看還是不要去學校，約在校外個別見面……」

「這樣太沒效率了，而且我希望是她們在一起時談這件事。」

野田似乎有什麼計畫。

「須玉，走吧，你一直站在這裡，真的會被當成可疑人物。」

在她的催促下，我很不甘願地走進了校門。

好緊張。我警戒著周圍，小心翼翼地走進學校。

學校很大。

有很多綠地，禮拜堂和校舍都散發出女子學校不同於男女共學學校的清潔感覺。

「……接下來要怎麼做？」

「先去和君花談一談。」

君花——是看起來有點像男生的第一棒選手。

「先找最容易下手的君花，才有辦法讓大家聚在一起。」

「最容易下手？」

「君花很純真，不管別人說什麼，她都會相信。如果看了什麼感人的連續劇，就會一次又一次流著眼淚告訴其他人。總之，她看起來很容易被人家騙去買很貴的花瓶……」

「……她很單純的意思？」

「……我覺得她應該很相信有幽魂存在。」

那的確很容易下手。

我們避開了學校的中心部，沿著外圍走向深處。

「要去哪裡？」

「去花圃。」

「花圃？」

「她現在應該在花圃澆水。」

我再次想起那個女生的樣子。她外表看起來很像男生，比賽的時候罵學妹……很難和野田說的感覺連在一起。

「這是君花最大的秘密，她自己也知道和她的形象不符，所以覺得很難為情，總是偷偷去澆水，以免被別人看到。她以為也瞞過了我……真是太傻太天真了。」

野田呵呵笑了起來。

我覺得有點可怕。

「轉角之後就可以看到了。」

野田對我說。

我轉過去一看……那裡是一個小庭院。

這裡剛好位在禮堂後方，可以避人耳目，感覺是很適合表白的地方。

用紅磚圍起的花圃內盛開著粉紅色、白色和水藍色的鮮花，一看就知道是在悉心照顧下，才能開出這麼漂亮的花。

君花正注視著那些花。

她單手拿著澆花壺，托著腮，露出慈愛的眼神看著那些花。

她小巧的嘴唇動了動，好像在對那些花說話。

……好尷尬。

這時，她發現了我。

她整個人跳了起來。

「你、你是誰！？」

站在我的位置，也可以看到她的臉漲得通紅。

「呃——」

她步步逼近。

「我問你是誰？色狼嗎！？我說對了吧！！」

「不，不是……」

「你要表現得落落大方。」

野田提醒我。

「你告訴她，你是通靈者。」

突然這麼說沒問題嗎？

「沒關係，在君花身上行得通。」

「喂，你——」

「我、我是通靈者。」

「呃——」

她的反應似乎很意外。

這句話的確會令人感到意外——

「你問君花，她是不是認識我。」

「妳知道野田實栗吧？」

「喔，喔喔……但為什麼會提到實栗？」

君花輕而易舉地相信了，連我都感到驚訝。

我按照野田的說詞，向她說明了情況。

「其實，野田無法成佛，變成了幽魂。她說……想透過我和接力賽的隊友說說話。」

「………」

從君花茫然的表情中，可以感受到她幾乎已經相信了。

應該沒問題。

「前天春季比賽時，妳們是不是決定解散接力隊？」

「呃，對……」

她的態度和剛才完全不一樣了。

「須玉，你告訴她，我現在就在這裡。」

我輕輕看向野田的動作，引起了君花很大的反應。

「其實，野田目前就在這裡。」

「……真的嗎？」

君花似乎也努力想要看到野田。

「君花，好久不見，妳把頭髮剪短了。」

我把野田說的話轉達給她。

「野田說，好久不見，妳把頭髮剪短了。」

「……實栗……？」

她輕聲嘀咕的聲音在顫抖。不會吧。真的嗎？

「前天我很驚訝，妳把腰部無法前移的習慣改掉了，最佳成績是不是縮短了零點二秒左右？」

當我把野田的話告訴君花時，她──

「……、……」

她咬著嘴唇，大滴眼淚幾乎奪眶而出。

「其實我很早之前就知道妳在照顧花圃這件事。君花，這一點都不奇怪，也不需要覺得難為情。我應該趁活著的時候告訴妳，對不起。」

君花終於淚崩了。

「實栗……實栗……！」

她放聲大哭起來。

「她還是這麼愛哭。」

「妳真的……真的在這裡吧……」

君花流眼淚的同時露出了笑容，用袖子擦著被淚水濕了的臉。

「怎麼可能有這種事？」

直美語氣堅定地說。

田徑隊活動室差不多像一間教室這麼大，屬於有點亂，又不會太亂的狀態。

我們拜託君花把直美和沙織找來，向她們說明情況。

「妳說有重要的事，沒想到竟然……」

「我沒有騙妳們！實栗真的在這裡！」

「君花，妳太容易被騙了。」

直美撥著一頭很有光澤的長髮，用力瞪著我。

我雖然有點害怕，但還是說：

「野田真的在這裡。」

「證據呢？」

「我可以請野田說一些只有她和妳知道的事，這樣的話——」

「我怎麼知道不是你跟蹤狂行為得知的結果？」

她一針見血地問到了重點，我說不出話。

「看吧，就知道你拿不出證據。」

說完，她不以為然地哼了一聲。

「妳這個死腦筋！」

君花向直美抗議，她已經和我們站在一邊了。

沙織默默地看著事態的發展。

「可以請你離開嗎？我不會找警衛來。」

直美用無情的語氣向我下達了最後通牒。

「…………」

但是，我從她像冰冷牆壁的表情中，感受到一絲不安定。

「直美果然不好對付，她向來不相信看不到的東西。」

野田在一旁聳了聳肩說。

她不相信已經發生的事。

所以——

「……野田至今仍然每天在運動場上跑步。」

我決定把直美不知道的、野田目前的狀況告訴她。

「前天的比賽結束後，我看到她在跑步，結果她叫我過去，請我幫她測一百公尺的成績，她說她沒有馬錶，所以沒辦法測。」

「須玉……」

野田很驚訝。

「後來她告訴我，她在跑步的時候，就在想要怎麼向我搭訕。她原本以為這一招不可能成功，覺得自己太強人所難，但她有能力讓人情不自禁聽從她的指揮，我好像沒辦法違抗她。」

才不是這樣。野田在一旁害羞起來。

「看吧！沒錯吧！那根本就是實栗啊！！」

君花對直美說。

「…………」

直美雖然臉上的表情沒有變化，但還是和剛才不一樣了。隱藏在內心深處的某些東西似乎正從內側拍打她。

她似乎在克制什麼，好像害怕情緒失去平衡。

「……所以，實栗就在那裡。」

沙織突然開了口。

「那裡有人的動靜，原來是實栗。」

「沙織……？」

君花和直美轉頭看著她。

散發出適合舊文庫本書籍氣質的沙織靜靜地看著她們兩個人，然後看著野田所站的位置。

「我前天也感覺到了，好像有靜止的風停在我們身旁……」

然後，她雙手合十，深深鞠了一躬。

「早安。」

這應該是她們社團活動時打招呼的方式。

「……直美，妳還記得新年第一次練習嗎？那天下了雪。」

野田開了口。

「……她這麼說。」

我轉述了野田的話。

「…………」

直美緩緩轉頭看著我，露出好像幼兒般無助的眼神。

「只有我和妳兩個人來練習，就在這個活動室——對，我們就在那裡練腹肌，然後互相說了各自的初戀。」

「…………」

「我說了幼稚園時的事，妳還調侃我說太早熟了，我就忍不住打妳，結果我們就相互搔癢，兩個人都笑翻了。」

「……………」

「那天真開心。」

沒有聲音。

「後方的弓道場有一個可愛的雪人。」

淚水——順著直美的臉頰滑落。

那道牆應聲崩潰。她的臉皺成一團，漲得通紅，放聲大哭起來。

「……我好想……妳……」

她擠出這句話。

君花也放聲大哭起來。

沙織低著頭，纖細的身體微微顫抖。

為她們搭起語言橋樑的我，也可以感受到她們之間深厚的感情。她們真的是合作無間的理想團隊。

「……妳們聽我說。」

野田露出隊長的溫柔眼神說。

妳們不要放棄接力賽。

妳們一定要進入全國賽。現在只差一步而已。

要努力完成我們之前買護身符時發誓的夢想。

「但是……實栗……必須有妳才行。」

直美，現在有陽菜啊。

我之前不是也跟妳們說，她其實很不錯，她很喜歡跑步。

我會去和她談一談，交給我吧。我畢竟是隊長啊，一定可以做到。我來這裡，就是為了這個目的。

所以，妳們之後要好好對她。

沒問題嗎？

其他三個人聽了野田這番話，都點了點頭。

「……知道了。」

「一定會好好對她。」

「好。」

野田也點了點頭。

「謝謝，這樣我就沒有遺憾了，我也……可以成佛了。」

喀鏘——。

傳來門關上的聲音。

回頭一看，一橋反手握著門把站在那裡。

「……一橋，妳來得剛好。」

君花對她說。

「我跟妳說，現在——」

「學姊，妳為什麼一直在這裡當幽魂？」

一橋說，她放開門把，走了過來。

當她停下腳步時，看著野田的眼睛，用力瞪著她。

「妳是不是恨我？」

野田有點不知所措地回答：

「沒這回事。」

「騙人。」

她們在正常交談。

君花和其他兩個人看著我，似乎在向我確認。

我點了點頭。

一橋顯然可以看到野田。

我想起之前在運動場時，一橋曾經盯著我。但是……既然這樣，她之前為什麼都對野田不理不睬？

「妳因為我的關係，不能參加接力賽，然後又死了，所以妳一定痛恨我，對不對？」

「陽菜。」野田面對學妹的質問，在回答時始終保持鎮定，「那是合理的建議，我之所以還留在這個世界，是因為我很擔心大家。我剛才拜託其他人，希望她們繼續跑接力賽，我希望妳可以和大家和睦相處，然後代替我進入全國——」

「騙人！！」

一橋打斷了她。

「妳恨我！妳也想自己去參加全國比賽！所以才會變成幽魂！！」

「哪有——」

「學姊，妳是不是很想自己跑！？因為我在傳遞接力棒時失敗了！妳一定覺得早知道不如自己跑！！但是，妳死了！！不是嗎！？對不對！？妳是不是想自己跑！？」

這些話就像鞭子，但聽起來不是打在野田身上，而是打在她自己身上。

空洞的寂靜。

然後——我發現一件事。

野田的臉上完全沒有任何表情。

「…………………………………………沒錯。」

低沉的聲音讓寂靜出現了一道裂縫。

「我想跑……——我很想自己跑！！」

聲音打破了寂靜。

「我很不甘心！！」

我第一次聽到野田生氣的聲音。

「所以！」

她皺著眉頭，情緒激動，好像換了一個人——

「所以我希望可以跑得更快，可以重新歸隊！沒想到那次竟然變成最後一次！但是，我就是放不下！明知道是白費力氣，但即使死了之後，仍然一直！一直！！一直像傻瓜一樣練個不停！！」

她痛苦地說道，好像吐出了侵蝕身心的刺。

「我恨妳……一直覺得妳很可恨！！」

一橋愣在那裡，臉色蒼白。

其他人雖然聽不到野田說話的聲音，但似乎察覺到什麼，每個人都面色凝重。

我一片茫然，野田吐出的刺，刺痛了我的心。沒想到她平靜的外表下，隱藏了這麼激烈的情緒……

「但是……」

野田的風暴突然停止。

「但其實我錯了。」

她恢復了之前好像平靜陽光般的表情。

「妳很認真對待跑步這件事，是很重要的學妹……」

我發現野田已經走出了痛苦——她已經克服了這件事。

「我並不恨妳，我只是想跑，我只是很愛跑。所以——正因為這樣，所以我希望大家繼續跑接力賽，我想把接力棒交給妳。」

一橋原本白得像紙一樣的臉頰漸漸紅了起來。

啊啊啊——

她就像小孩子哭泣般發出高亢的呻吟。

「……對、不起……」

她費力地擠出這句話，雙手捂著臉，跪在地上。

一滴淚水順著她的手腕流下，在水泥地上留下水漬。

「……我…………我很喜歡學姊……」

從她手掌的縫隙中發出了微弱的聲音。

「從妳送我護身符的那天開始，我就超喜歡妳……。但是，我第一次喜歡別人，不知道該怎麼辦，所以有點不知所措……。接力賽的事，其實也不是妳想的那樣，只是我看到妳和其他學姊感情很好，我很不爽而已……」

她說出了一切，然後像一隻被雨淋濕的小鳥般肩膀顫抖著。

野田蹲在一橋面前，透明的身體輕輕擁抱著她，似乎為她帶來溫暖。

「……我很想和妳一起跑……」

她的內心似乎還隱藏了很多事。

「學姊，假日在運動場上看到妳時，其實我很想和妳一起跑，和妳邊聊邊跑……然後再一起回家，聊著天，去其他地方逛逛……雖然我不會說笑話，但很希望和學姊一起聊天……和妳在一起……」

「對不起，我之前都沒有發現……」

一橋搖著頭說：

「妳送我的護身符，我一直放在家裡保存得很好，每天都會拿在手上端詳。因為這樣心情就很好，可以忘記家裡一些不愉快的事……。那是我心愛的寶貝……」

野田緊緊抱著嗚咽的學妹。

「陽菜，請妳戴上護身符──跑接力賽。」

一橋點了點頭。

君花、沙織和直美都露出溫柔的眼神看著她。

7

春風吹拂。

幸福地飄上迷濛的藍色天空。

今天是錦標賽兼國民體育大會的第一次選拔賽，在比之前更大的運動場舉行。除了我以外，還有其他學校相關人員，幾乎把看台前排都擠滿了。

女子四百公尺接力賽的預賽即將開始。

十五分鐘前已經完成了報到，選手陸陸續續從三號門走到運動場上。因為是錦標賽，所以除了高中生以外，還有大學生和一般選手一起參加。

瑪莉女高的接力隊員也上場了。

君花、沙織、直美，還有一橋。

一橋發現了我，滿臉興奮地向我揮手。

「要好好看清楚喔！」

她說話的聲音很開朗，脖子掛著的鈦纖維項鍊上，縫了交通安全的護身符。她得意地戴著這條項鍊。

其他人也都看了過來，每個人都露出「我們會好好加油」的表情。

我也向她們點頭。

當她們轉過身時，只有一橋仍然向我揮著手。直美輕聲斥責她，她「嘿嘿」笑著，邁著輕盈的步伐跟了上去。

那天之後，她和之前完全不一樣了。

她變得很坦誠，待人親切，像小貓一樣黏著學姊。看來她屬於那種一旦改變，就會一百八十度大改變的人。

她們在跑道前圍成一圈。

加油加油加油！

坐在看台上，也可以聽到她們相互激勵士氣的聲音。

她們又互看了一眼，然後跑向各自的起跑線。

各隊的第一棒選手聚集在工作人員周圍，點名之後，分別拿到了接力棒。

預賽開始了。

預賽第一組的隊伍站在起跑線上，聽到起跑槍聲後衝了出去。

從第一棒選手起跑到第四棒選手跑完，總共大約五十秒左右。

結果紛紛出爐，有些隊伍可以進入隔天的決賽，有些隊伍必須視接下來比賽的隊伍成績，決定是否能夠進入決賽，有些隊伍則完全沒有希望。

第二組、第三組。

然後——

瑪莉女高所屬的第五組終於上場準備比賽了。

「喔，開始了。」

背後傳來說話聲。周圍人立刻興趣大增。

因為這場比賽有大小兩個值得矚目的焦點。

大焦點是這一組中，有曾經進入全國比賽的大學接力隊參加。

小焦點就是「上次的春季比賽中，瑪莉女高因為傳棒失誤喪失了比賽資格」的好奇心。

第一棒選手都站在斜斜畫在跑道上的起跑線前，調整起跑器，做好蹲踞式起步姿勢。

君花站在第五跑道。

她低頭看著全天候跑道，緊緊握著手上的接力棒。

接力棒凝聚了她們的心，讓她們團結在一起。

工作人員高高舉起發令槍。

「各就各位。」

第一棒選手全都抬起了腰。

砰——

蹬離起跑器的金屬聲同時響起。

像豹一樣敏捷奔馳。

身體緩緩挺起——然後挺直。

君花最先衝了出去。

第一棒選手的起跑衝刺是關鍵。

據說君花一直都是跑第一棒。

從四個人決定一起組隊跑接力賽時，她就主動要求跑第一棒，其他人也都表示同意，馬上就決定了。

她跑步就像她的個性一樣坦率筆直。

她超越了曾經進入全國比賽的大學隊一個身體的距離。

「瑪莉女高超越了銀嶺大學隊。」

「剛才的起跑很出色。」

後方有人在討論。
即將跑完一百公尺。
沙織開始助跑。
君花用力伸出手臂——把接力棒交給了沙織。
沙織拔腿奔跑。
她平時沒有太多表情的臉上寫滿了拚搏，奮力奔跑著。
和其他隊伍之間的差距越來越大。
通常由接力隊中跑步速度第二名的人擔任第二棒選手。在一橋參加接力隊之前，她跑第四棒。
她沉默寡言，但用跑步表達自己的心意，所以深得其他成員的信賴。
「喂喂，瑪莉女高會不會太快了……？」
「誰在計時？」
直美開始助跑。
通常都會事先在跑道上做記號，當前一棒的選手經過那裡時才開始助跑，但她們完全不需要記號。
即使每個人都跑得比平常快也完全沒有影響。

沙織伸出接力棒。

啪。接力棒交到了直美手上。

沙織跌倒了。

直美一口氣加速。

她甩著用橡皮圈綁起的頭髮，奮力向前衝。

其他選手好像根本不存在。

「二十一秒九八！」

「真的假的！？這不是破了青少組的紀錄嗎！」

對她們來說，這場比賽並不是和其他隊伍之間的競爭。

「瑪莉女高為什麼在預賽就這麼賣力……？」

甚至根本不是一場比賽。

第三棒選手必須在彎道接棒，在彎道交棒，是最需要發揮靈敏度的選手。直美原本是第二棒選手。

以前，由其他選手擔任第二棒。

直美奔跑著。

她跑向第四棒選手。

這時——我的腦海中浮現了一小時前的景象。

『學姊，由妳跑第四棒。』

『啊……？』

『這是大家的決定，由學姊來跑第四棒。』

『妳在說什麼啊，這麼一來——』

『別擔心，下個星期將舉行全國高中綜合體育大會的預賽，所以……』

『實栗，我想再和妳一起跑一次。』

『實栗，妳和我們一起跑。』

『來吧，這是我們的……』

最後一次接力賽。

野田站在第四棒選手的起跑線上。

直美遞上了接力棒。

我看到野田開始助跑。

兩個人之間的距離漸漸縮短，沒有絲毫猶豫，好像有一股神奇的力量在發揮作用。

那是彼此的心經過無數次傳遞建立起來的……深厚情感。

接力棒交到了野田手上。

「喂，喂，為什麼瑪莉女高的第四棒都不跑？」

……當然沒這回事。

「這是怎麼回事？甚至沒有站在跑道上！」

「出了什麼問題嗎？原本已經刷新了紀錄……」

瑪莉女高的第四棒一橋陽菜沒有跑的意外，讓工作人員和看台上的觀眾不知所措，議論紛紛。

但是——

我可以看到。

君花、沙織，還有直美、陽菜都可以看到。

野田在場上奔跑。

野田滿臉喜悅，帶著燦爛的幸福表情在賽場上奔跑。

「加油！實栗加油！！」

君花叫著。

「實栗，快到了！！」

沙織也為她加油。

「實栗……實栗……！！」

直美也大聲喊著。

「學姊耶耶耶耶耶！！」

一橋大聲叫著。

「衝啊啊啊啊啊！！！」

所有人都聲嘶力竭地為她聲援。

然後——

野田衝過終點。

第一個衝過終點。

她高高舉起雙手，露出滿面笑容——

她的身影在風中融化。

慢慢地……像霧中的彩虹般漸漸變淡……

消失了。

只剩下透明的空氣。

大家都熱淚盈眶，但都露出仰頭看著的天空般爽朗的微笑。

『那一天，穿上借來的釘鞋，在全天候跑道上試跑的時候……』

耳邊回想起野田說話的聲音。

『噠噠噠，跑起來的感覺很輕盈，好像有人在背後推我，很好玩，感覺好像可以衝上天空……真的會讓人有這種感覺。』

我仰望天空。

春風輕輕拂著我的瀏海。

——原來是這樣。

我想道。

原來她踩著風的階梯，跑向那裡……

明明的假日
– sequels –

適逢假日，我難得去了美術館。

美術社大森厚士的作品入選了公募展，所以邀請我去參觀。

是去年平安夜，和妙名最後合作的那幅畫嗎？

走出戶外，肌膚感受著五月的溫暖。

今天只穿一件T恤剛剛好。

走到公園時，看到白色的羽毛飄在空中。

兩個小女孩在打羽毛球。

「哇！」

其中一個女孩打得太用力，羽毛球飛到了對方的身後。

「對不起。」

羽毛球剛好掉在我面前。

我撿了起來，交給跑過來的小女孩。

「給妳。」

「……謝謝。」

跑過來的那個小女孩是桃香的妹妹聰美。

好久沒有遇到她了，她好像又長高了。

而且也交到了朋友。

——很像桃香。

近距離觀察後，我這麼覺得，嘴巴特別像。

聰美接過球，正準備離開，我叫住了她。

「聰美。」

因為我想確認一件事。

聰美轉過頭時，我問她：

「妳還記得……桃香姊姊嗎？」

她的眼中露出和她年齡不相符的深沉。

然後用力點了點頭。

「是喔。」

我感到安心。因為我不希望她忘記。

聰美遲疑了一下，抬頭看著我。

「怎麼了？」

「……桃香姊姊是我的姊姊，對嗎？」

我正確理解了她這句話的意思。原來她知道桃香是誰。

「……嗯。」

「姊姊……去天堂了嗎？」

她擔心地問，我深深點了點頭。

聽美露出了笑容。

她開朗的笑容完全不輸給姊姊。

「聽美！」

她的朋友等得不耐煩了，催促著她。

「我馬上就過去。」

聽美回答後，又看了我一眼，才跑回去朋友那裡。

目送她離開後，我再度邁開步伐。

我猜想聽美應該沒有告訴她媽媽這件事，這是聽美內心的秘密。

像寶貝一樣的秘密。

在我小時候，都沒有朋友，姊姊的幽魂曾經陪我一起玩——

等她長大以後，應該會這樣回想起這件事。

她一定不會忘記。

❖

美術館位在距離上枝車站走路五分鐘左右的地方。

聽說是由知名建築師操刀設計，巨大的設施充滿個性。

我走向美術館時仔細打量著，看到大森等在門口。

「嗨。」

「辛苦了。」

我們輕鬆打了招呼，平時在學生食堂遇到時，也會一起聊天。

跟著大森走進美術館，看到了『第十一屆 美果展會場↓』的標示。

來到三樓，走進了展示場。

這裡好寬敞。

室內有很多隔板，上面掛了很多裝在畫框內的畫。

參觀的人不是像我們這種高中生，大部分都是成年人。我覺得每一幅畫都很出色。

「好像很正式啊。」

「嗯，是啊。」

聽大森說，這是小有名氣的公募展。即使報名參加，也只有通過審核的作品才能夠順利展出，同時還會評出「大獎」和「優秀獎」等不同等級。

也就是說，他的畫通過了審核。

「好厲害。」

我由衷地表達了佩服，他有點靦腆，但還是看著前方說：

「因為我和妙名約定，一定要出名。」

我邊走邊欣賞著展示的作品，尋找他們合作的那幅畫作。

「我好久沒有看到那幅畫了。」

「不是喔。」

「啊？」

「這次展出的不是那幅作品。」

大森停下了腳步。

然後，他看向左側的牆壁。我感到不知所措——但也跟著轉頭看了過去。

妙名在那裡。

畫滿整張畫布的她一手拿著畫筆，面對著畫面外，好像在說什麼有趣的事。

筆觸大膽奔放，卻捕捉到少女的柔和。令人聯想到印象派的熱鬧色彩巧妙地結合了現代漫畫要素，形成了新鮮的畫風。

「我希望你來參觀一下。」他說：「因為多虧了你，我才能夠踏出第一步，在完成最後的合作作品，和她談話之後，我才能踏出這一步。」

雖然畫作並沒有像照片那樣的精密，卻可以感受到她的存在——

啊喲，這不是須玉嗎？最近還好嗎？

我覺得畫中的妙名好像在對我說話。

我內心充滿了懷念。

「……我好像可以聽到妙名說話的聲音。」

大森聽了我的感謝，對我說了聲「謝謝」。

這幅畫名叫『妙名』，旁邊貼著寫了『新人獎』的花飾。

「厚士。」

背後傳來叫聲。

回頭一看，一個熟悉的女人——長野學姊站在那裡。

她也發現了我，微微欠身向我打招呼。之前聽大森說，她進入一所短期的美術大學。

「留實，有什麼事？」

大森叫著她的名字。他們目前在交往。

「館山老師說想和你聊一聊。」

「啊！」

大森大吃一驚，順著長野學姊手指的方向看去，一個有點年紀的男人站在那裡。

「那我過去一下。」

大森向我打了聲招呼，一臉緊張地走了過去。

「館山老師是這次展覽會的主辦人，也是他喜歡的畫家。」

長野學姊向我說明。

「是喔。」

一陣沉默。怎麼辦？我和長野學姊之間沒有交集，不知道該和她聊什麼。

長野學姊看著那幅畫。

我也跟著欣賞。

然後，我突然想到一件事。大森畫妙名，她的心情應該很複雜吧？

「妙名有特殊的地位。」

長野學姊開口說道，她似乎猜到了我的想法。

「我相信妙名以後也一直會存在，我也會意識到她的存在，對她有那麼一點點顧慮，和厚士繼續走下去。」

「妳不介意嗎？」

她聽了我的問題，轉頭看著我，然後點了點頭。令人驚訝的是，她臉上完全沒有絲毫介意的表情。

「因為我也很喜歡妙名，而且……」

「而且？」

「我才是厚士的女朋友。」

她有點開玩笑，但充滿自信地說。

我覺得這根本是在放閃。

❖

離開美術館後，我走去車站。

車子的噪音不絕於耳，覺得剛才的寧靜空間好像是夢境。

我想起臨別時，大森興奮的表情。他得到崇拜畫家的稱讚，顯得格外高興。

他朝向目標邁進，感覺很充實，我真的很尊敬他。

我在車站前的馬路上聞到咖哩的味道，才想起自己還沒吃午餐。一看時間，已經一點多了。

那就去吃咖哩。正當我這麼想的時候，突然聽到有人向我打招呼。

「你好。」

回頭一看，一個超可愛的女生站在那裡。我不認識她。

「哥哥。」

柚站在她身旁。

「柚……」

「因為我在那裡看到你。啊，我為你們介紹一下，她是——」

「你好，我叫鈴置杏奈，是你妹妹的同學。」

那個女生爽朗地向我打招呼。

她一頭細鬈髮，一雙漂亮的眼睛炯炯有神。如果柚是月亮，她就像是太陽。

「請多指教。」

「啊，也請妳多指教。」

「我早就聽說過你。是喔，原來你就是小柚的『哥哥』，嗯～」

她最後的那聲「嗯」聽起來意味深長，然後從頭到腳打量著我。

「怎麼了……？」

「沒事。」

鈴置轉頭看著柚問：

「到底哪裡好？」

「杏奈！沒、沒事，哥哥。」

柚緊張地搖著雙手。

「算了，妳高興就好。」

鈴置露齒笑了笑。

「妳們在逛街嗎？」

「不，不是，我們剛才去看電影，原本要一起去逛街——」

「但我臨時有急事，正準備回去，結果她看到了你，她眼睛可真利啊。」

「啊，杏奈！」

「好、好，總之，你出現得正是時候。我們還沒有吃午餐，你可以帶妹妹去吃午餐。——小柚，真是太好了。」

柚生氣地瞪著鈴置，鈴置對她揮了揮手說：「那我走了」，然後就離開了。

雖然有點搞不太清楚狀況，但她們似乎是好朋友。

「柚，妳想吃什麼？」

「隨便，可以吃你喜歡的東西。」

「那咖哩好嗎？」

「嗯。」

但既然柚也在，我決定找稍微好一點的咖哩店。

「剛才的女生叫鈴置？是妳朋友？」

「嗯。」

「她很可愛。」

「……是啊，班上的男生也都很注意她。」

「不難想像。」

柚不安地盯著我。

「怎麼了？」

「啊？沒事。」

她立刻移開了視線。

「啊，哥哥，你看。」

她突然指著前方。

「你看那裡的櫥窗。」

那個百貨公司的櫥窗佈置成令人聯想到夏天的海邊。

「真是太性急了。」

「……那個櫥窗向來都這樣。」

我在說話時，腦海中有似曾相識的感覺。

「但感覺很棒啊，有一種新鮮感。」

我借用了記憶中的這句話，柚點了點頭說，那倒是。

經過櫥窗，將視線轉回前方時，看到迎面走來的一個女生。

雖然她在人群中好像無助地被擠來擠去，但她自己並沒有感到不愉快，看起來心情很好。

她很快就發現了我的視線，露出像漂亮晶螢的花瓣似的微笑。

她是川名的好朋友寺橋由佳里。

「須玉，好久不見。」

「好久不見。……真巧啊。」

「我假日的時候經常出門，到處看看。」

寺橋說完，看了看柚。

「她是我妹妹。」

「妳好，我叫柚。」

柚有點不自在地鞠了一躬。

寺橋也回答說：「請多指教。原來是你妹妹，」然後對我咬耳朵說：「我還以為是你的女朋友。」

「不是啦。」

我苦笑著回答。

「是嗎？但你不必在意水葡，千萬不要有這種想法。」

寺橋露出有點嚴肅的表情說。

「因為你交到新的女朋友，得到幸福，水葡也會放心，她就是這種女生。」

「呃，嗯……」

因為這件事有隱情，我不知道該怎麼回答。

這時——

「………女朋友？」

柚小聲地嘀咕。

然後悄悄抬頭看著我。

「呃、呃……」

真奇怪。柚看我的表情和平時一樣，但又好像和平時完全不一樣。

「哥哥，這是怎麼回事？」

而且我覺得氣溫好像突然下降，我的身體都忍不住發抖了。

「啊，對了，須玉，我們學校下個月有學園祭。」

寺橋說完，從皮夾裡拿出看起來像是手工製作的門票，上面寫著『二年四班 鬼屋』。

「如果你有空，歡迎你來玩，我當塗壁妖怪。」

「喔，喔喔……」

我從寺橋手上接過門票。

「那我走了，祝你有一個美好的假日。」

寺橋鞠了一躬後準備離開。

這時——我感覺到動靜。

我驚訝地瞪大了眼睛。

果然看到了。

寺橋的後方有一個身材高挑，像中世紀騎士般的女生。

川名鎮定地瞇起眼睛看著我。

她好像在對我說，就是這麼一回事。

「川名……」

我忍不住用別人聽不到的聲音輕輕叫了一聲。川名和我擦身而過時，說了聲：

「改天見囉，親愛的。」

因為實在不像是她會說的話，我目瞪口呆。

川名低下頭，臉紅到了耳根，好像在說，我只是想說看看，但實在太丟臉了。我要收回這句話。

真的很像她的作風。

——好，改天見。

寺橋的背影漸漸遠去。

擁擠的人群中，她還是像花瓣一樣被擠來擠去，但我相信她以後再也不會跌倒了。

因為她隨時都有閨蜜保護。

❖

柚在生氣。

我覺得她好像在生氣，難道是我的錯覺？

在月台上等電車時，柚的表情看起來似乎和平時沒什麼不同，但總覺得不該開口和她說話。剛才在咖哩店時，她也點了平時不吃的辛口咖哩，總之，她的樣子和平時很不一樣。

我完全不知道是怎麼回事。

唯一的可能，就是當她問我川名和寺橋的事時，我無法向她清楚說明，只能顧左右而言他，但柚會因為這種小事生氣嗎？

「……欸，柚。」

「幹嘛？」

她的聲音聽起來有點冷漠。

「下枝學園祭的時候，要不要一起去？」

我試著取悅她。

「可以在路邊攤吃很多東西，看表演，我們一起去玩？」

「……我們兩個人嗎？」

她似乎心動了。她才剛上高中，果然對學園祭很有興趣。

「妳也可以找其他朋友一起去，一定會很開心，要不要去？」

柚的眉尾漸漸舒展，嘴角露出了笑容。

「好，那我們兩個人去。」

她的心情似乎終於好了起來。我鬆了一口氣——

「啊，這不是須玉學長嗎？」

身後傳來興奮的叫聲。

回頭一看，聖瑪莉安娜女子高中的一橋和新家正沿著階梯走上月台。她們穿著運動服，肩上揹著運動袋。

「太驚訝了，沒想到竟然會在這裡遇到你！你要出門嗎？」

一橋親切地和我聊了起來。

「不，正要回家。」

「啊，你好像住在花冠站？我們也剛好要回家！今天去運動場練習了，而且我家離直美學姊家很近。對不對？」

一橋看著新家問道，新家有點受不了挽著她手臂嬉鬧的學妹，含糊地應了一聲。第一次看到她們的時候，根本無法想像眼前的景象。

「對了，這位是？」

「她是我妹。」

柚向她們鞠了一躬。

「啊，原來是這樣，我還以為是你女朋友。」

「呃……！」

柚的反應很敏感。

「太誇張了。」我苦笑著說，然後對新家說：

「馬上就要舉行關東大會了吧？」

新家點了點頭，她們在上個月舉行的全國高中綜合體育大會預賽中輕鬆獲得了冠軍，當時我也在場。

「如果你有空，歡迎你一起來。」

新家說話時，露出凝望遠方的眼神。

「見證一下我們在全國獲得冠軍……實現實栗夢想的那一刻。」

「我也會全力以赴。」

一橋也精神飽滿地說。

「然後要把冠軍獻給學姊。」

「……我會去為妳們加油。」

她們聽了我的回答後，露出了淡淡的微笑。

她們現在一定可以做到。雖然我不知道全國高中綜合體育大會的水準，但我堅信不疑。

❖

「哥哥，你認識好多女生。」

回家的電車上，柚對我說。

我也有同感。

「嗯……最近新認識了不少女生。」

「為什麼？」

「因為……」

我只能含糊其詞。我抬頭看著上方說：

「嗯，只是剛好有機會而已。」

我忍不住緊張起來，以為她又會像剛才一樣不高興。

「……嗯，算了。」

我聽到她小聲說道。

我轉頭看著她，發現她揚起嘴角偷笑著，心情好像很好。

「怎麼了？」

「啊？沒事啊。」

「是喔。」我又把頭轉了回來。

因為還不到傍晚，車內空蕩蕩。我發著呆，身體隨著車子搖晃，聽到柚小聲嘀咕說：「……原來看起來很像。」

「啊？」

「沒事。」

柚搖了搖頭。

「對了，先去買晚餐的食材再回家。」

「好啊。」

「哥哥，你想吃什麼？」

「我想想……」

車內廣播悠然響起，電車即將抵達我們要下車的那一站。